TRADUÇÃO
KARINA JANNINI

DAMAS
DE CASACO
DE PELE E
CHICOTE

PRECIOSIDADES ERÓTICAS ENTRE
AMOR, DESEJO E PAIXÃO

WANDA VON
SACHER-MASOCH

ERCOLANO

TÍTULO ORIGINAL *Damen mit Pelz und Peitsche*

© Ercolano Editora, 2024
© Tradução Karina Jannini, 2024
Esta publicação segue as normas do Acordo Ortográfico da Língua Portuguesa, Decreto nº 6.583, de 29 de setembro de 2008.

DIREÇÃO EDITORIAL
Régis Mikail
Roberto Borges

COORDENAÇÃO EDITORIAL
Mariana Delfini

ORGANIZAÇÃO
Christa Gürtler

PREPARAÇÃO
Bonie Santos

REVISÃO
Karina Okamoto

PROJETO GRÁFICO
Estúdio Margem

DIAGRAMAÇÃO
Gabriela Luchetta

IMAGEM DE CAPA
Félicien Rops (1833-1898), *Pornocratès* ou *La Dame au cochon*, 1878.

Todos os direitos reservados à Ercolano Editora Ltda. © 2024.
A reprodução não autorizada desta publicação, no todo ou em parte, e em quaisquer meios impressos ou digitais, constitui violação de direitos autorais (Lei nº 9.610/98).

AGRADECIMENTOS

Alê Lindenberg, Bia Reingenheim, Carolina Pio Pedro,
Christiane Silva, Daniela Senador, Emanoel Amorim,
Fernanda Carneiro, Joyce Kiesel, Láiany Oliveira,
Mariana Abreu, Victória Pimentel, Vivian Tedeschi.

SUMÁRIO

10   O MISTÉRIO DO AMOR

16   A DOMADORA

26   A BEI

36   FADADO A MORRER

84   JUNTO À FOGUEIRA

94   O FANTASMA DE VRANOV

102 UMA NOITE NO PARAÍSO

112 UMA DAMA NO CONGRESSO

120 A VIDA PARA O AMOR

144 O CLUBE DAS CRUÉIS

152 VARVARA PAGADIN: UM RETRATO DOS COSTUMES RUSSOS

166 NOTA EDITORIAL

A mulher legalmente excluída de todos os direitos do homem, subjugada pelos costumes e pelo preconceito, é inimiga secreta do homem e busca vingar-se dele recorrendo à astúcia e às artes da dissimulação.

Apenas a mulher com direitos iguais aos do homem em todos os aspectos e com igual instrução será sua companheira leal, honesta e corajosa na luta pela existência.

WANDA VON DUNAJEW, *DIE DAMEN IM PELZ*
[AS DAMAS DE CASACO DE PELE] (1882)

O MISTÉRIO DO AMOR

10

RECENTEMENTE, EM UM PICANTE FOLHETIM INTITULADO *O MISTÉRIO DO DEMI-MONDE*,[1] F. GROSS DESENVOLVEU A IDEIA DE QUE O HOMEM MODERNO SÓ ABANDONA A MULHER DE IGUAL CONDIÇÃO

---

1   Grupo de pessoas de nobreza apenas aparente e caráter duvidoso. (Esta e as demais notas são da tradução.)

social que ele para venerar as'damas do *demi-monde* porque estas sabem como transformá-lo em seu escravo. Por mais correta que seja essa observação, a misteriosa magia que reside na tirania da mulher amada não me parece ser propriedade exclusiva das damas do *demi--monde*, tão cortejadas atualmente. Esse sinistro poder com o qual a mulher venerada transforma o amante ou marido em um escravo desprovido de vontade própria é não apenas o mistério do *demi-monde*, mas também, *sobretudo*, o mistério do amor.

A mulher se torna soberana no amor tão logo adquire aquela natureza orgulhosa e despótica graças à qual submete *todos* que se aproximam de seu círculo mágico e os faz mais ou menos subservientes. Provavelmente, na maioria das vezes, as damas do *demi-monde* exercem essa magia de maneira inconsciente e apenas sobre homens de índole fraca. Já a mulher forte e segura de si, que não *vende* seu amor, mas, com o sorriso clemente e magnânimo de uma rainha, *presenteia-o* a quem lhe agrada, possui esse misterioso poder em toda a sua plenitude e, portanto, transformará em seu brinquedo também o homem forte de espírito. Em suas novelas, *únicas* nesse gênero, Sacher-Masoch demonstrou com maestria que esse "tipo interessante, em pele de marta e de chicote na mão", é o que mais se encontra nos salões da alta aristocracia. A dama do *demi-monde* só verá fracotes a seus pés, pois a maldade e a improbidade de sua natureza manterão longe dela qualquer homem melhor. Já a distinta e orgulhosa déspota, apesar de toda a crueldade refinada, é de natureza nobre e assim permanece; por isso, justamente os homens *perspicazes* não conseguem escapar à sua sedutora influência.

"*Querem* lutar com rivais, querem ser torturados e martirizados" — sim, mas apenas com a mulher que o homem puder e *tiver de respeitar*, apesar de todo o sofrimento que ela lhe infligir. Quando o homem, o verdadeiro homem, deixa-se escravizar pela mulher, é porque ela está no mesmo patamar que ele e, em certo sentido, é até superior — na tranquilidade e na frieza do coração.

Em toda parte, a doce, fiel e frágil Margarida[2] sempre será abandonada para dar lugar a uma mulher orgulhosa, fria e cruel, que com o amor joga apenas o seu jogo. A ternura da esposa entedia, enquanto os pontapés da amante proporcionam prazer; seu riso frio e irônico excita e inebria.

Esse é o *mistério do amor*.

Quanto mais fria for uma parte, mais ardente será a outra. Quanto mais voluptuoso for o homem, mais facilidade terá uma mulher inteligente para dominá-lo. A esposa que se entrega de corpo e alma ao marido e cerimoniosamente exala a alma a seus pés sempre será enganada; já a mulher que excita a voluptuosidade do cônjuge com frieza e crueldade e só concede por misericórdia — enquanto a outra acredita que deve obedecer por senso de dever — sempre será amada e venerada!

O homem perspicaz não abandona o lar para se tornar o joguete de uma Cora Pearl,[3] mas o escravo de uma Catarina II. O que o excita não é o *vício*, e sim a natureza demoníaca da mulher que estimula seus sentidos e, ao mesmo tempo, aprisiona seu espírito; que não o ama, mas lhe proporciona prazer, torturando-o ou fazendo-o feliz, de acordo com seu humor.

Não acredito que esse tipo possa ser encontrado em sua forma genuína entre as damas do *demi-monde*, mas talvez ele apareça com alguma frequência entre as damas da aristocracia. Em pouco tempo, a aristocrata, que geralmente contrai um matrimônio de conveniência e

---

2 Personagem de *Fausto*, de Johann Wolfgang von Goethe.

3 Emma Elizabeth Crouch (1835-1886), conhecida como Cora Pearl, foi uma cortesã inglesa de origem humilde que ascendeu socialmente na Paris dos anos 1860.

entra no casamento com frieza e indiferença, perde nessa relação toda a brandura de seu coração e a receptividade de sua alma; ela se torna dura e, dependendo das circunstâncias, até mesmo cruel. Por já não ser capaz de amar, acredita que os outros tampouco o sejam, mas é jovem, bela, rica — e se entedia. Quando quer, desperta amor e paixão; sente um prazer cruel em torturar o homem que padece de dor a seus pés e rir de seu tormento. Se for particularmente misericordiosa, estica a ponta do pé para ser beijada, e ele, feliz com tamanha graça, pressiona o pequeno pé contra os lábios ardentes e o coração palpitante. A beleza aristocrática dessas mulheres, sua argúcia e o luxo exuberante que as cerca por toda parte as tornam ainda mais perigosas. A imagem da esposa humilde e silenciosa desaparece diante do esplendor dessa aparição, e sua ternura tímida é esquecida com o pontapé arrogante dessa beldade.

Seriam prazer os maus-tratos infligidos por tal mulher, como só acontece quando, em um momento feliz, ela se digna a condescender com o torturado e permitir que ele desfrute da bem-aventurança em seus braços? E, no instante seguinte, afasta-o de si e lhe diz, com riso diabólico, que não o ama, que só o usou como um escravo para se divertir. O escárnio frio com o qual o olha ao dizer isso o deixa fora de si; ele gostaria de apanhar um punhal e matar a bela criatura monstruosa, mas ela adivinha seus pensamentos e, com tranquilidade maliciosa, pega o chicote. Após alguns golpes impiedosos, o espírito rebelde de seu amado já está domado; ele se prostra novamente a seus pés, implorando misericórdia, e sente-se feliz por poder beijar a barra de seu vestido. E essa mulher será amada com uma paixão que beira a loucura e com um ardor que confunde os sentidos, pois ela decifrou o enigma, e o mistério do amor finalmente lhe foi revelado.

Doente dos nervos, o homem dos tempos modernos já não se interessa pelo amor singelo de uma mulher simples; o afeto despretensioso da esposa é insípido e sem graça, e seu espírito pede emoção, quer embriagar-se com o champanhe do amor e, em troca, sacrifica a felicidade de sua esposa e o futuro de seus filhos. No entanto, ao mesmo tempo, é um homem instruído, de gosto refinado. O sorriso atrevido de uma prostituta lhe causaria apenas repugnância, enquanto o olhar gélido que parte dos olhos diabólicos de uma mulher orgulhosa o faz estremecer. Capturado pelo doce terror, ele a seguirá, ansiando por seu amor, porém mais ainda por ser *dominado* por ela; quer sofrer em suas mãos, pois, para o homem doente dos nervos, sofrimento é prazer. Sua fantasia lhe pinta imagens que, por mais estranhas que sejam, são em muito superadas pela realidade. Seu prazer reside na tortura à qual ela o condena, e quanto mais o fizer sofrer, maior será a felicidade dele. Quanto mais cruel e sem coração for a mulher, tão mais intensamente ele a amará. Mas ela sempre será distinta e elegante, nunca se mostrará *vulgar* nem perderá a beleza. Mesmo nas cenas mais intensas, saberá impor a ele sua nobre natureza, algo de que somente a aristocrata é capaz, a *verdadeira* dama, nascida em *legítima pele de arminho* e acostumada desde o berço a mandar, a dominar, a ver escravos ao seu redor, mas nunca a moça da rua que, mesmo adornada de veludo e seda, de rendas e peles preciosas, jamais consegue esconder por completo a sujeira que se prende a seu corpo.

A mulher não pode amar, e somente enquanto ela própria não amar afirmará aquele misterioso poder com o qual transforma todo homem em seu escravo, fazendo com que ele ainda exulte ao receber seus pontapés. Entretanto, assim que começar a amar, ela perderá sua força. Rompido o enigmático encanto, estará sujeita ao destino comum a toda mulher que ama: *será abandonada*.

É claro que há exceções e casamentos felizes. Eu mesma sou muito feliz no meu, mas aquilo de que falo é a regra.

Esse é o mistério do amor.

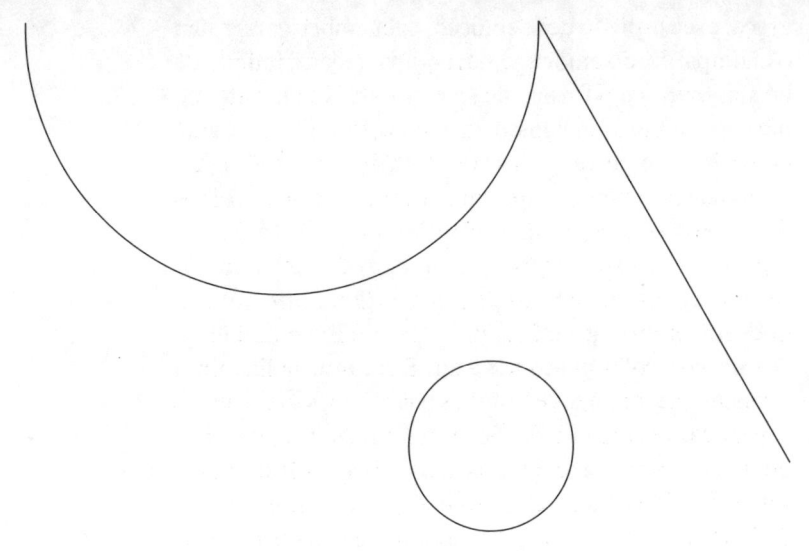

A DOMADORA

16

ERA O INÍCIO DO INVERNO DE 1859 QUANDO A FAMOSA *MÉNAGERIE*[1] DOS HARSBERG FOI A BUCARESTE PELA PRIMEIRA VEZ. A CIDADE INTEIRA FICOU EM POLVOROSA COM O GRANDE NÚMERO DE ANIMAIS TÃO RAROS

---

[1] Coleção de animais vivos, geralmente selvagens e exóticos, mantidos em cativeiro.

e nunca vistos, a beleza da família de leões e, sobretudo, com a domadora, que com eles exibia as acrobacias mais inacreditáveis.

A domadora era uma jovem sueca, Herma Dalstrem, bonita, elegante, muito audaciosa e... inacessível. Embora dissessem que era amante do proprietário da *ménagerie*, os ricos boiardos[2] que a assediavam com homenagens encontravam nela apenas uma cordialidade fria e um orgulho sarcástico, que os desencorajavam a cortejá-la. Estava hospedada com a família Harsberg no melhor hotel. Como grande dama, dirigia-se à *ménagerie* em sua carruagem e voltava para a hospedaria do mesmo modo. Não recebia visitas e nunca era vista sozinha na rua nem em qualquer outro lugar. Essa austeridade e essa reserva de vestal só aguçavam ainda mais os sentidos dos homens galantes e a curiosidade de todas as outras pessoas, e em pouco tempo a sueca se tornou tão popular em Bucareste quanto antes dela haviam sido Catalani e Lola Montez.[3]

Certa noite, o príncipe Maniasko, queridinho das damas de Bucareste, que acabara de voltar de uma viagem a Paris, foi à *ménagerie*. Acompanhado de alguns amigos, passou em revista os diferentes animais, divertiu-se com a explicação sobre cada um deles e ao vê-los ser alimentados e, por fim, com um sorriso cético nos lábios, parou diante da jaula do leão a fim de esperar pela famosa sueca. De repente, uma porta estreita no fundo da jaula se abriu. Recebida com um júbilo frenético, Herma apareceu. Com

---

2   Grandes proprietários de terras na antiga Romênia (até 1864).

3   Angelica Catalani (1780-1849): cantora italiana de ópera. Lola Montez, nome artístico de Elizabeth Rosanna Gilbert (*c.* 1818-1861): embora nascida na Irlanda, tornou-se conhecida como "dançarina espanhola". Cortesã e amante de Luís I da Baviera, ganhou o título de condessa de Landsfeld.

um movimento de inimitável orgulho, lançou o longo manto de pele aveludada que a envolvia e, inteiramente vestida de seda branca ornada de arminho vermelho, entrou com leveza e sorridente na jaula, segurando um chicote de arame, alta, esbelta, com o semblante mais nobre do mundo, ao qual os cabelos bastos, de um dourado avermelhado, e a coloração fresca da tez conferiam um encanto fascinante. O príncipe foi capturado no primeiro instante. Com emoção crescente, seguiu cada movimento e cada apresentação executados por ela. Seu coração disparou quando ela colocou a adorável cabeça na terrível bocarra do leão, e um suave calafrio o percorreu quando ela chamou rudemente a atenção das feras desobedientes e começou a puni-las com chicotadas e pontapés.

Mal a sueca saiu da jaula e o príncipe Maniasko já estava à sua frente, apresentando-se. Enquanto vestia lentamente o manto de pele que lhe era estendido por Edgar, o magnífico filho dos Harsberg, ela deixou que seus grandes olhos azuis, surpresos, assustados, até, se prendessem ao rosto do príncipe, de uma beleza perfeita e quase feminina, e respondeu às perguntas dele não com orgulho e frieza, como costumava fazer, mas com constrangimento e um sorriso indescritivelmente gracioso.

O príncipe passou, então, a aparecer noite após noite, e Herma não apenas o recebia da maneira mais amável possível, mas também chegava a procurá-lo com um rápido olhar assim que entrava na jaula. Ao sair do recinto, batia os pés com impaciência quando ele não estava ali para lhe dar o manto de pele. Mas isso era tudo o que o príncipe obtinha, e quanto mais ela rejeitava seus pedidos ousados, mais demoníaco se tornava o desejo dele de possuir totalmente aquela estranha mulher.

De modo inesperado, um rival apareceu em seu auxílio. Certa noite, antes que Herma entrasse na jaula, Edgar lhe disse com voz trêmula:

— Até este momento, eu havia pensado que você fosse a amante de meu pai, e me calei; mas agora lhe digo que a amo e, por isso, nunca vou admitir que você se avilte com esse boiardo, que já é noivo de uma princesa e só está se divertindo com você.

Quando o príncipe a procurou depois da apresentação, ela lhe disse em voz baixa:

— É verdade que o senhor tem uma noiva?

— É verdade — respondeu o príncipe —, mas, assim que você quiser, esse romance enfadonho terminará, e estarei a seus pés como seu escravo.

— Ah! O senhor não me ama!

— Como posso lhe provar o contrário?

Ela fitou o vazio.

— Esteja uma hora antes da meia-noite diante da pequena porta dos fundos que leva à *ménagerie* — disse ela em voz baixa, após tomar uma decisão rápida e corajosa.

— Estarei lá — respondeu ele.

Ele apareceu, de fato, e quando deixou a *ménagerie* na escuridão da noite, dois braços macios o envolveram com delicadeza e dois lábios ardentes sugaram os seus.

Logo se começou a comentar em todos os círculos sobre a estranha relação de Maniasko com a bela domadora. Preocupado com o futuro do filho, o pai do príncipe decidiu casá-lo o mais rápido possível com a princesa Agrafine Slobuda, de quem ele estava noivo desde a infância. Houve uma cena tempestuosa entre pai e filho, mas o último acabou obedecendo ao primeiro e, certa noite, não apareceu na *ménagerie*.

Herma passou uma madrugada angustiante. Esperou mais duas noites em vão por seu amado, escreveu para ele, mas não obteve resposta.

Na quarta noite, quando ela deixou a jaula, Edgar a envolveu com delicada solicitude no macio manto de pele e lhe disse:

— Herma, quer que eu lhe diga por que esse miserável não vem?

— Diga — respondeu ela, apática. — Estou preparada para tudo.

— Daqui a três dias ele vai se casar.
— Você está mentindo.
— Por que eu mentiria?
— Como se chama a noiva dele?
— Princesa Agrafine Slobuda.
— Ela é bonita?
— Bonita, jovem e rica.

Herma deu uma risada estridente e desagradável.

— Diga que você vai derramar uma lágrima por mim, uma única lágrima, se eu morrer por você — pediu Edgar —, e me vingarei por você, eu o matarei...

— Não, Edgar, você não pode se sacrificar; você, não...

— Então o patife ficará impune?

— Claro que não — respondeu ela, em tom tranquilo e decidido.

— Então me deixe matá-lo — murmurou Edgar com lábios pálidos e trêmulos.

— Não — disse Herma —, deixe-o comigo.

Tomado por um leve terror, Edgar olhou para o semblante diabólico da moça, emoldurado pelas tranças ruivas que cintilavam como serpentes de fogo, e se calou.

Na tarde seguinte, o príncipe Maniasko estava sentado no pequeno boudoir[4] acolhedor de sua noiva, enrolando para ela um cigarro com as belas mãos, quando a princesa manifestou, com um sorriso ironicamente orgulhoso, o desejo de também assistir à domadora, admirada por todo mundo.

— De onde tirou essa ideia, Agrafine? — indagou o príncipe, enquanto o cigarro tremia em suas mãos e o tabaco amarelo caía por entre seus dedos brancos.

— Falaram-me tantas coisas curiosas a respeito dessa pessoa — continuou Agrafine em tom malicioso — que decidi assistir à sua apresentação ainda nesta noite, em sua companhia, príncipe.

---

4   Quarto de uso exclusivo de mulheres.

À noite, ao entrar na jaula, a sueca notou Maniasko e, a seu lado, uma jovem dama encantadora, que olhava fixamente para ela de maneira desafiadora através de sua *lorgnette*.[5] Era a princesa, noiva dele. Herma logo sentiu seu olhar e estremeceu, mas apenas por um instante; depois, com o mesmo sangue-frio e a mesma ousadia de sempre, iniciou sua apresentação com as feras selvagens. Após uma acrobacia bem-sucedida, em que Herma se estendia nas costas do grande leão enquanto os outros se deitavam ao seu redor, a princesa exclamou "Bravo!" e jogou sua bolsa cheia de ouro na jaula. Um murmúrio indignado percorreu as fileiras de espectadores. Herma começou a tremer, lágrimas começaram a cair de seus olhos, e ela perdeu o controle de si mesma e dos animais que a cercavam. O grande leão ergueu a cabeça, olhou para ela com surpresa e, com os terríveis dentes, abocanhou repentinamente seu braço esquerdo. Um grito de horror ecoou de centenas de lábios, mas Herma se recompôs no mesmo instante. Um olhar, um comando, e logo o leão soltou seu braço. Ela se levantou de um salto, agarrou o desobediente pela juba, pôs o pé sobre ele e o golpeou com o chicote de arame até que se deitasse a seus pés, já totalmente dominado. Os clamorosos aplausos e as aclamações recompensaram a corajosa domadora.

— Quando é o casamento dele? — perguntou a Edgar ao deixar a jaula.

— Depois de amanhã, Herma.

— Quer levar pessoalmente uma carta minha a ele?

— Assim que você ordenar.

— Estou lhe pedindo. — Herma apertou sua mão, mas ele pegou a dela e a cobriu de beijos.

No dia seguinte, a domadora escreveu para o príncipe. Queria vê-lo e conversar com ele apenas mais uma vez. Pediu-lhe que aparecesse à noite, na hora habitual,

---

5 Par de óculos sustentado por um longo cabo lateral para ser posicionado diante dos olhos.

na *ménagerie*, e em troca prometeu deixar Bucareste no dia de seu casamento. O próprio Edgar entregou a carta ao príncipe, que a leu rapidamente, sorriu e disse:

— Estarei lá.

Uma hora antes da meia-noite, o príncipe apareceu na porta dos fundos da *ménagerie*, que, como sempre, abriu-se sem fazer barulho. À luz opaca das estrelas e da neve, Herma surgiu envolvida em um curto casaco de pele, pegou a mão dele e o conduziu cautelosamente pelo caminho escuro. Como das outras vezes, uma segunda porta rangeu nas dobradiças. A domadora puxou o príncipe para um recinto escuro, onde envolveu sua nuca com os braços macios e o beijou com ternura ardente.

Em seguida, ela desapareceu de repente. A porta foi trancada com força, e o príncipe esbarrou o pé em algo vivo, que começou a se mover. O que era aquilo? Ela não o tinha levado para seu camarim, como das outras vezes?

No instante seguinte, uma luz forte e vermelha inundou o ambiente. Herma prendeu uma tocha no anel de ferro diante da jaula do leão, e no meio dela, rodeado pelos leões, estava o príncipe. Ele se assustou. Em pé diante da jaula, com os braços cruzados sobre o peito, Herma o fitou com seus olhos frios e azuis e deu uma risada curta e diabólica.

O príncipe tentou abrir a porta rapidamente, mas em vão.

— Pelo amor de Deus, Herma — suplicou —, o que está querendo fazer?

— Hoje vou celebrar meu casamento com você, e meus leões são os convidados.

— Você enlouqueceu?

— Estou perfeitamente lúcida. Você me traiu, e eu o condenei à morte. Avante, meus amigos!

Com o chicote, ela começou a despertar e açular os leões sonolentos, enquanto o príncipe gritava por socorro. Entretanto, seu apelo se extinguiu sem ser ouvido em meio à tempestade de inverno. Atiçados por Herma e encorajados por seu comando em voz alta, os leões saltaram sobre ele. O sangue do príncipe já escorria. Ele pediu misericórdia e lutou desesperadamente, enquanto ela, com o rosto pressionado contra as barras frias da grade, deleitava-se com sua agonia e seus tormentos.

Demorou algum tempo até os leões concluírem sua obra cruel. Quando o príncipe já estava morto, estirado no chão da jaula, eles recuaram timidamente e começaram a lamber as patas sanguinolentas.

Na mesma noite, a bela domadora desapareceu de Bucareste, e nunca mais se ouviu falar dela.

A BEI

26

HÁ CERCA DE CINQUENTA ANOS, NA PEQUENA CIDADE SÉRVIA DE BIELINA, JUNTO AO RIO DRINA, STANKO BRANKOVICS E SUA ESPOSA, MICLETA, FORMAVAM O CASAL MAIS BELO QUE SE PODIA VER.

Ele era extraordinariamente alto, mas de formas harmoniosas. Seu caminhar e sua postura tinham um ar de distinção e orgulho. A pele bem morena e os grandes olhos ardentes, bem como a boca carnuda, vermelha e sensual e seu caráter jovial, sempre alegre e irrefletido, faziam dele o queridinho de todas as mulheres e moças.

Sua esposa, Micleta, era de uma beleza totalmente diferente. Não muito alta, era esbelta e tinha formas delicadas, que lembravam as de um elfo. Trazia os longos cabelos castanho-escuros em tranças ao redor da delicada cabeça, o que realçava ainda mais o branco opaco de sua pele. Ao contrário do marido, mostrava-se sempre séria, quase triste.

Stanko Brankovics a amava com paixão quando ela se tornou sua esposa. Na época, Micleta tinha acabado de completar quinze anos. Já se havia passado uma década, e o ardor de seus sentimentos tinha arrefecido consideravelmente. Ele preferia uma boa taça de vinho a um beijo vindo dos lábios da esposa. Já começava a vê-la mais como um mero e útil animal doméstico e a tratá-la quase como tal. Micleta suportava esse tratamento com resignação; afinal, não podia esperar nada melhor, mas seus belos olhos azuis pareciam cada vez mais sérios e tristes.

Certo dia, Pelagovics, um vizinho do belo casal, entrou na casinha deles. Stanko fumava, deitado em um banco, enquanto a submissa Micleta, sentada à janela, remendava as roupas dele.

— Venha comigo! — exclamou o recém-chegado ao amigo preguiçosamente estirado no banco. — Temos trabalho.

— Deixe-me em paz — respondeu Stanko, contrariado. — Estou farto de me esfalfar por nada.

Pelagovics deu uma bela risada e indagou:

— E quando é que você teria se esfalfado? Não é sua mulher que cuida de todo o serviço da casa?

— Claro que é ela que cuida. Está achando que ainda devo me preocupar com os serviços domésticos?

De mau humor, Stanko se levantou do banco.

— Se eu fosse um sujeito assim tão bem-apessoado como você — disse o amigo, espreitando Micleta —, saberia ganhar dinheiro até sem trabalhar.

— E o que você faria? — perguntou Stanko com curiosidade.

— Atravessaria a fronteira até a Bósnia. Lá existe uma bei rica, uma viúva, que paga caro por belos escravos. Assim que você alcançar o montante pago, poderá se libertar dela novamente.

— Mas não posso vender a mim mesmo — disse Stanko, pensativo.

— Dividimos o preço e fazemos o negócio juntos — respondeu Pelagovics. — Atravessamos o rio Drina, onde se encontra a fronteira. Lá eu amarro você e o conduzo até a bei.

— Que certamente é uma mulher feia e velha! — exclamou Stanko com fúria. — Procure outro companheiro para esse negócio.

Pelagovics riu, enquanto Micleta levou a mão ao peito e olhou para o marido com apreensão.

— A bei é bonita e jovem — disse o primeiro. — Você não precisa se envergonhar.

Stanko refletiu e finalmente declarou concordar com o negócio. Micleta deixou o cômodo sem fazer barulho, e os homens começaram a conversar sobre os detalhes de seu plano.

Fazia uma noite bonita, morna e estrelada quando atravessaram o rio em um pequeno barco. Na outra margem, Stanko deixou que o amigo amarrasse suas mãos nas costas. Pelagovics pegou a ponta da corda, e ambos foram à propriedade da viúva, que ficava bem próxima à fronteira.

Toda envolvida em um albornoz e um véu brancos, que permitiam ver apenas o olhar meigo e sensual de dois olhos lânguidos, a bei Schohda Kapitanovics examinou o escravo que lhe era oferecido para compra e logo concordou em pagar por ele o preço excepcionalmente alto. Com o dinheiro no bolso, Pelagovics voltou correndo para casa.

Ainda naquela noite, uma anciã foi buscar Stanko em seu leito e o levou até a senhora, que estava sentada com as pernas cruzadas em almofadas de seda. Um cafetã de precioso tecido turco, ornado de esquilos siberianos na cor cinza, cobria em parte seu corpo, mas deixava os braços roliços e carnudos e os seios fartos inteiramente à mostra. Stanko Brankovics parou, surpreso. A bei era muito bonita e ainda bastante jovem. Embora sua beleza correspondesse mais ao gosto oriental, ele não se arrependeu nem um pouco de ter se tornado seu escravo.

Arrependeu-se menos ainda quando Schohda acenou-lhe de maneira muito afável e, sem nenhuma cerimônia, declarou que o amava, que ele tinha permissão para desfrutar da propriedade e que ela não pensava em empregá-lo em trabalhos árduos, tal como fazia com os outros escravos. As condições vinham bem a calhar a Stanko, e ele se adaptou facilmente ao novo cargo.

Os dois passaram meses se regalando juntos. Mesmo diante de seus serviçais, Schohda não o tratava como um escravo, mas como um favorito, e ele se entregava ao ócio com total satisfação. No entanto, passado algum tempo, Stanko se sentiu entediado com a eterna monotonia daquela vida confortável e começou a ansiar por sua liberdade. Esse anseio crescia a cada dia e, por fim, tornou-se tão forte que ele não conseguiu mais resistir e... fugiu.

Micleta recebeu o marido sem críticas, mas também sem alegrias. Stanko se aborreceu com sua indiferença e, para provocá-la, contou-lhe como tinha passado bem e como a bei era bonita. A esposa mordeu o lábio, mas não lhe deu nenhuma resposta. Ele quis saber onde estava o dinheiro que Pelagovics lhe devia. Ela apontou para o armário junto à parede. Ele encontrou todo o dinheiro; ela não havia tocado nele. Micleta tinha se mantido graças a seu trabalho incansável e árduo.

Stanko teria dias de diversão pela frente. Enquanto o dinheiro durou, não voltou para casa nenhuma noite, mas não demorou muito e lá estava novamente amofinado, sentado em seu quarto. Se antes já não tinha vontade de trabalhar, depois de haver se acostumado à vida exuberante na casa da bei tinha menos ainda. Passava o dia praguejando e batia na esposa sempre que ela se aproximava dele. Mas ela respondia à sua brutalidade em silêncio, com olhares que revelavam ódio e desprezo.

Certo dia, ele atravessou o Drina com outros sérvios. Planejavam assaltar os turcos na Bósnia. Sabendo que ele ficaria alguns dias fora, Micleta também deixou sua casinha e atravessou o rio com a ajuda de um barqueiro.

Desde a perda do belo escravo, a bei já não tinha um instante sequer de paz. Acreditava realmente amar o ingrato e tramava vingar-se. Certo dia, absorta em sombrias maquinações, estava sentada em seu divã, roendo as unhas rosadas, quando uma mulher pediu para falar com ela. Schohda ordenou que a deixassem entrar. Era Micleta.

— O que quer de mim? — perguntou a bei, de forma não muito amigável, à mulher humilde e aflita que se encontrava em pé junto à porta.

— Um belo escravo seu fugiu — respondeu Micleta. — O que você me oferece se eu o trouxer de volta?

Schohda levantou-se de um salto.

— Tudo o que você quiser, se suas palavras forem verdadeiras — asseverou.

— O que fará com ele se eu o trouxer? — quis saber Micleta.

— Oh, vou matá-lo, nada mais — respondeu a bei com olhos reluzentes.

— Se for fazer isso, então espere por mim daqui a três noites à margem do Drina — disse Micleta, querendo afastar-se.

— Mas quem é você? — perguntou Schohda à criatura misteriosa.

— Sou a esposa dele — respondeu Micleta tranquilamente e foi até a porta.

Com humor bem pior do que quando havia partido, Stanko voltou para casa. Declarou com firmeza que nunca mais se arriscaria em uma aventura tão duvidosa. Os ladrões não tinham encontrado grande coisa e por pouco escaparam com vida.

Com aparente indiferença, Micleta o aconselhou a vender-se novamente como escravo e, para que ele ficasse com todo o dinheiro, ofereceu-se para assumir o papel do amigo do marido. Arrependido havia um bom tempo de ter fugido da bei, Stanko aceitou a sugestão com alegria e ainda que não pudesse esperar cair logo nas mãos de uma bela viúva apaixonada, dessa vez até planejou fugir mais cedo.

Na terceira noite após a visita à bei, Micleta procurou as cordas mais compridas e resistentes que havia na casa e, dessa vez, até mesmo Stanko a ajudou com o trabalho. Quando estavam prontos, Micleta vestiu seu casaquinho sérvio de tecido azul-claro, debruado na frente e nas mangas com pele de raposa, que chegava apenas até a cintura, e fez Stanko segui-la.

Atravessaram o rio em um pequeno barco. Na outra margem, Micleta amarrou as mãos dele nas costas. Era impressionante a força com que a pequena e delicada mulher executava a operação. Ao terminar, verificou os nós mais uma vez, com atenção, e somente quando se convenceu de que estavam bem apertados enlaçou o pescoço do marido, pegou a ponta da corda e seguiu em frente com ele até chegar a dois cavaleiros parados à sombra de alguns bordos. Sem dizer uma palavra sequer, um deles prendeu o homem amarrado à cauda de seu cavalo, enquanto o outro deslizou uma bolsinha de dinheiro na mão de Micleta.

Stanko achou a situação suspeita. Perguntou à mulher o que significava aquilo e, como ela não lhe deu resposta, ameaçou-a. Ela riu, virou-lhe as costas e voltou para o rio.

Schohda aguardava a chegada do prisioneiro com impaciência febril e, quando ele apareceu, recebeu-o envolvida no albornoz branco e em um véu espesso, como um fantasma na penumbra do salão da casa. Ali mesmo mandou que o acorrentassem e o prendessem a uma coluna. Dois escravos armados deveriam vigiá-lo.

A bei ainda se deleitou por alguns instantes com a raiva impotente de Stanko, depois foi para seu aposento, contíguo ao salão. Desde o desaparecimento do belo escravo, essa foi a primeira noite em que ela voltou a dormir, sentindo-se tranquila e satisfeita.

Por três dias e três noites, Schohda não se importou mais com seu prisioneiro, que permaneceu sem alimento e sem bebida. Somente na manhã do quarto dia mandou que levassem até ela o homem que definhava. Stanko estava quase irreconhecível. A raiva, a fome e a sede tinham desfigurado por completo seu semblante, antes tão belo. Apenas com muito esforço ele conseguiu arrastar as pesadas correntes. Entrou no recinto, dirigindo um olhar ardente de ódio a Schohda, que estava sentada em um divã baixo, enrolada como um gato em um cafetã vermelho-púrpura, guarnecido de pele preta de marta. Ao olhar para o homem deplorável, os olhos verdes da bei faiscaram através do véu branco, com uma satisfação cruel.

— Acho que agora você não vai mais fugir de mim, meu caro — disse ela maliciosamente, deleitando-se com o aspecto de Stanko.

Com uma raiva impotente, ele rangeu os dentes.

— Fique calmo, meu querido — disse ela —, você ainda vai receber cem golpes na sola dos pés; então terá a liberdade que tanto deseja.

Enquanto ela ordenava que lhe dessem as bastonadas, sentia um suave arrepio ao ouvir as lamentações do torturado e revolvia-se voluptuosamente em seu casaco de pele macio em meio às volumosas almofadas.

— Chega — disse ela quando o martírio deixou de excitá-la. — Crucifiquem-no e deixem-no morrer como um bom cristão.

Stanko olhou para ela cheio de horror.

— Não vai deixar que me matem, senhora! — exclamou em desespero.

— Claro que vou deixar que o matem; paguei caro o suficiente para ter esse prazer.

— A quem pagou? — perguntou, surpreso.

— À sua esposa! — respondeu a bei, rindo da desgraça do homem.

Stanko tentou romper em vão seus grilhões com um último esforço; mesmo assim, a mulher vingativa se assustou. Se ele escapasse, a mataria — foi o que ela viu claramente em seu olhar sanguinário. Sem perder tempo, a bei ordenou que ele fosse conduzido ao pátio e pregado à cruz. Enquanto sua ordem era executada, saboreou seu café e o sorbet com a máxima serenidade. Em seguida, ficou sentada junto à janela gradeada de seu aposento e, com abominável satisfação, deleitou-se até o pôr do sol com a tortura inominável do moribundo.

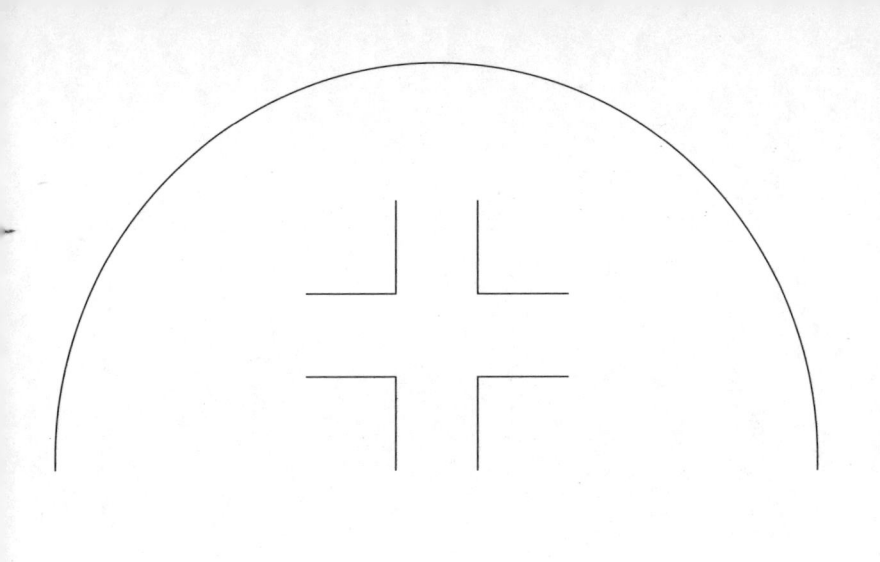

FADADO A MORRER

36

I.

UMA PAZ PROFUNDA E SAGRADA REINAVA SOBRE A FLORESTA ESCURA E VAPOROSA; UMA BRISA LEVE E SUAVE CURVAVA O TOPO DAS ÁRVORES ALTAS, QUE SE TOCAVAM EM UM BEIJO SILENCIOSO.

Causando uma sensação de opressão e aperto, essa solidão quieta e o silêncio que por nada era interrompido pareciam pesar sobre o jovem que, com passos cansados, tentava sair do matagal sem trilhas. Em sua quietude misteriosa, no silêncio eternamente enigmático, a floresta só é agradável e compreensível para quem cresceu em meio à grandiosidade da natureza e teve seus primeiros sonhos em seu seio materno e quente. Somente essa pessoa conhece a linguagem da floresta, somente ela consegue decifrar seus enigmas; mas para quem é da cidade e vem da engrenagem do grande mundo, ela é incompreensível, às vezes até sinistra e assustadora. Era o que aquele jovem com ar de cansado da vida também parecia sentir. Exausto, encostou-se em uma árvore e olhou ao redor, sem saber o que fazer; pelo visto, tinha se perdido. A figura alta e bela na elegante roupa de caçador não combinava muito com a solidão selvagem daquela floresta que, aparentemente, raras vezes era pisada por pés humanos. A barba louro-escura e bem cuidada conferia uma beleza regular a seu rosto, que, no entanto, era encoberto por um sopro gelado, como o que a vida pinta no semblante de quem prova cedo demais uma grande quantidade de seu doce veneno.

 O outono já ia adiantado, e o ar estava frio e áspero. Ele abotoou todo o casaco e, mal-humorado, pegou o relógio. "Maldição!", resmungou com raiva, "já são quase cinco, em uma hora vai anoitecer. Como vou sair dessa selva horrível?" Um leve estalo no musgo despertou sua vontade de caçar; com cuidado, ele ergueu a arma. O disparo se deu já no instante seguinte. Mortalmente ferida, uma magnífica raposa se revirou em seus últimos espasmos. Tomado pela agradável surpresa dessa sorte, o elegante caçador corria para o local a fim de verificar sua presa quando, do lado oposto, as árvores ainda não totalmente crescidas se curvaram e uma mulher de impressionante beleza apareceu diante do assustado

Ninrode.[1] Uma saia de seda preta mal cobria seus pés de formas nobres. Seu corpo era envolvido por um casaco preto e justo de veludo, ornado de pele escura. Na cabeça, ela usava uma espécie de gorro polonês, debruado com a mesma pele do casaco. Dos ombros pendia uma espingarda leve. Sua figura era esbelta; todo movimento, repleto de uma graciosidade orgulhosa. O rosto expressivo era pálido como mármore; ao redor da boca pequena e bem fechada, lia-se uma ironia fria e nos belos traços, uma tranquilidade sombria e gélida. Apenas os grandes olhos pretos flamejavam de ira feroz na direção do malfeitor, que, assustado, soltou a caça abatida e deteve-se para contemplar a estranha mulher.

— Com que direito o senhor atira em minha caça? — interpelou ela em tom autoritário.

— Sua caça? — perguntou ele timidamente.

— Sim, minha caça, pois esta floresta é de minha propriedade, e ninguém além de mim tem o direito de caçar aqui!

— Perdoe-me. Quando vi a raposa, não me dei conta de que estava em área particular. Pagarei a indenização.

— Indenização? — A bela caçadora riu, furiosa. — Sabia que tenho o direito de abater de imediato todo ladrão de caça?!

— Pelo amor de Deus, a senhora não está pensando que sou um maldito ladrão de caça, está? — perguntou o homem com certo terror ao notar a sede de sangue que brilhava nos olhos da mulher.

— E por que não? — perguntou ela, deleitando-se cruelmente com o constrangimento dele.

— Meu Deus, foi apenas um descuido de minha parte!

— Um descuido que deve ser punido. Entregue-me sua espingarda e siga-me até meu castelo!

---

1 Personagem bíblico, considerado um valente caçador.

A beleza da mulher, bem como sua natureza enérgica e orgulhosa, surpreendeu tanto o homem que, dócil como uma criança, depositou a espingarda aos pés dela. Quando a mulher viu sua obediência, um sorriso diabólico se esboçou ao redor de sua boca. Tirou as longas luvas e desatou um cordão de seda que trazia amarrado na cintura. O homem intuiu o que ela queria e recuou, perturbado.

— Me dê suas mãos — disse ela com frieza —, vou amarrá-lo.

Ele dominou seu sentimento, a aventura estava começando a interessá-lo. Ficou tentado a obedecer à estranha mulher e lhe ofereceu as mãos. Ela amarrou os braços dele nas costas com tanta firmeza que o cordão chegou a cortar a carne; depois, segurou a ponta do cordão.

— Agora o senhor é meu prisioneiro — disse em tom diabólico a bela mulher — e está inteiramente sob meu poder.

Com altivez, caminhou à frente dele. O homem a seguiu, desistindo de toda resistência, embora tenha achado a situação um tanto sinistra enquanto prosseguia atrás da ousada caçadora. Por um bom tempo o caminho se mostrou selvagem e intransitável, mas finalmente chegaram a uma trilha estreita que logo os conduziu a uma estrada larga.

Nesse meio-tempo, a noite havia caído por completo, e um vento gelado soprava das montanhas, fazendo com que as árvores centenárias gemessem de maneira assustadora. A lua era encoberta por nuvens pretas, nenhuma estrela brilhava. Em meio a essa escuridão, era impossível dar três passos sem temer cair no chão; no entanto, a mulher caminhava, superando todos os obstáculos com ousadia e puxando impiedosamente seu prisioneiro pelo cordão. O pobre homem estava exausto e só conseguia se arrastar à custa de muito esforço. Apesar da noite fria, o suor escorria por seu rosto, mas, por vergonha da jovem mulher, que caminhava com leveza e graça à sua frente, ele não dava sinais de cansaço.

Já deviam estar andando havia duas horas, sem trocar nenhuma palavra, quando chegaram a uma colina, onde eram aguardados pelas janelas iluminadas de um castelo antigo. A mulher acelerou o passo, e ele, ofegante, esforçou-se para segui-la. Atravessaram um parque magnífico que circundava o castelo.

Junto ao portão estava um criado de olhar sincero e bondoso, que, ao ver a patroa, tirou o gorro em sinal de deferência.

— Jakob — disse a dama —, este homem é um ladrão de caça. Tranque-o na torre; amanhã vou julgá-lo.

Com um gesto altivo, ela ordenou ao prisioneiro que seguisse o criado. Morto de cansaço, o homem não fez nenhuma objeção e desceu a escada íngreme, deixando-se conduzir sem oferecer resistência. Ficou até feliz quando o criado tirou suas amarras no calabouço embolorado e ele pôde esticar os membros cansados na cama simples, na qual adormeceu no mesmo instante de tanta exaustão.

II.

Na manhã seguinte, quando despertou, o sol claro e brilhante entrava no aposento. Admirado, observou o espaço ao redor e, somente após refletir um pouco, lembrou-se vivamente da experiência do dia anterior. Não pôde deixar de sorrir ao recordar a conduta despótica daquela mulher peculiar e o medo que tomara conta dele ao vê-la. Nesse momento, sabia com quem estava lidando e ficou feliz por finalmente ter conhecido a mulher de quem já tinha ouvido histórias curiosas e que nunca quisera recebê-lo, embora fossem vizinhos próximos.

Fazia poucos meses que Georg Rainau — assim se chamava o rapaz — estava na região. Até então, levara uma vida desregrada e descuidada. Seus pais, recém-falecidos, deixaram-lhe um patrimônio bastante considerável, que ele dissipava no doce êxtase dos prazeres e de nobres paixões. A grande riqueza o desviava de dedicar-se a uma profissão séria, embora o vazio de sua existência sempre o oprimisse e ele tentasse sufocar essa sensação torturante em deleites sempre novos. No fundo, tinha índole boa e honesta, mas nenhum princípio; desse modo, logo se tornou vítima daquela vida desregrada, e chegou o dia em que não conseguiu mais satisfazer seus inúmeros credores. Jogo, cavalos caros, carruagens e amantes haviam consumido boa parte do capital.

Em meio a essa crise, veio a notícia da morte de um tio, que lhe deixava uma grande propriedade. Com isso, ele decidiu renunciar à vida que levara até então e dedicar-se inteiramente à agricultura. Com entusiasmo e vontade, abraçou a nova atividade. Tentou adquirir o máximo de conhecimento possível, a fim de ser capaz de administrar por conta própria sua propriedade, e se esforçou honestamente para recuperar o que havia perdido. Com a chegada do inverno, procurou saber quem eram seus vizinhos para, eventualmente, encontrar uma companhia agradável, mas a maioria tinha partido para a cidade. Apenas sua vizinha mais próxima havia permanecido, a dama de quem nesse dia era prisioneiro.

Karola, baronesa Hammerstein, vivia sem nenhum contato com o mundo. Rainau bem que tentara aproximar-se, mas ela, ainda que de maneira educada, rejeitara-o com determinação. A situação deixara-o aborrecido, pois seus empregados haviam lhe contado tantas histórias interessantes sobre a dama que ele ardia de curiosidade para vê-la e aproximar-se dela. Entre as muitas mulheres de todas as classes que conhecera na vida, não havia nenhuma que tivesse a mais remota semelhança com o que ouvira sobre a solitária mulher do castelo. Seus empregados não sabiam o suficiente de sua magnífica beleza, que chegava a infundir temor, nem da graciosidade impetuosa com a qual ela cavalgava, tampouco da submissão servil com a qual se curvava diante dela tudo o que se aproximasse de sua figura. Nenhum homem seria capaz de conduzir um regimento com tanto rigor quanto ela. Sua mão delicada segurava com firmeza as rédeas de seu pequeno reino. Uma justiça severa dominava o castelo; os inúmeros criados tremiam diante do olhar feroz da patroa e beijavam a barra de seu vestido ao receberem um sorriso clemente. Era considerada emancipada, mas emancipada no melhor sentido; administrava sozinha sua grande propriedade, estudava seriamente, construiu uma escola e fundou um asilo para pobres na localidade. Rainau já admirava a mulher antes mesmo de conhecê-la. Pelo que havia ouvido a seu respeito, parecia-lhe bem diferente das damas do mundo aristocrático, e lamentava profundamente ter sido banido por ela.

No dia anterior, quando ela aparecera à sua frente com o olhar altivo e flamejante, a voz profunda e melodiosa, ameaçando matá-lo se não se dispusesse a segui-la e rindo de maneira suave e diabólica ao amarrar suas mãos, logo soube que era em poder dela que se encontrava. Em outra circunstância, não teria seguido nenhuma mulher com tanta diligência, mas contrariar aquela senhora, opor-lhe resistência, era algo impensável. Por mais habilidoso que fosse no trato com as mulheres, era obrigado a admitir que tremera ligeiramente quando ela lhe dirigiu seu olhar sinistro e ardente. Havia uma força indefinida e misteriosa naquela jovem mulher, à qual ele tinha de se curvar com obediência, como um escravo.

Nesse momento, à luz clara do dia, por certo não tinha a mesma impressão terrível do dia anterior na escura floresta, onde se perdera e, já exausto, fora surpreendido por ela cometendo um crime florestal. No entanto, aguardava com ansiedade o instante em que o levariam até sua bela juíza.

O criado do dia anterior levou-lhe o café da manhã e orientou-o a se aprontar em seguida para aparecer diante da patroa. Às pressas, ele engoliu o aromático café e arrumou um pouco as roupas em desalinho, a fim de se encontrar com a dama da melhor maneira possível.

A baronesa o recebeu em um pequeno salão de esplendor antigo. Ele mal reconheceu a feroz caçadora do dia anterior em seus elegantes e atraentes trajes matinais.

Uma saia branca de seda, com caimento suave, envolvia sua nobre figura como uma onda, enquanto um casaco largo e confortável, de cetim vermelho e ornado de pele de arminho, conferia à sua aparência um ar de rainha imponente. Seu rosto tinha a mesma palidez marmórea, apenas os olhos não brilhavam com a mesma intensidade escura do dia anterior. Sua expressão era fria e séria; os movimentos, tranquilos e seguros. Dirigiu os olhos grandes e brilhantes a Rainau e o examinou longamente. O rapaz se sentiu constrangido e baixou o olhar. Um sorriso de desprezo quase imperceptível se esboçou ao redor da boca da mulher.

A baronesa mal respondeu à deferência dele e postou-se à sua frente com a tranquilidade realmente fria de um juiz. Rainau quase sentiu medo; não ousou falar, e seu temor infantil o fez parecer bastante ridículo diante de uma mulher que não lhe podia fazer mal algum. Entretanto, ao revê-la, ele se sentiu tomado por todo o fascínio mágico do dia anterior, contra o qual já na floresta não conseguira se defender. Por fim, ela disse com voz sonora:

— Por que ontem o encontrei em meu território no instante em que o senhor abatia uma caça minha?

— Permita-me, senhora baronesa — disse Rainau com brandura —, que eu lhe diga antes de tudo quem sou, pois, do contrário, vejo que terei dificuldade para dissuadi-la da infeliz ideia de que sou um ladrão de caça.

— Pois bem, quem é o senhor?

— Eu me chamo Georg Rainau e sou proprietário do terreno contíguo ao seu.

— Georg Rainau, o que me escreveu há algumas semanas querendo me conhecer?

— Ele mesmo, senhora baronesa.

— Pois bem, seu desejo foi satisfeito, senhor; já me conheceu, ainda que de uma maneira um tanto curiosa e, creio eu, não muito agradável para o senhor — disse a dama com um ligeiro sorriso.

— Cometi uma infração ao entrar em sua propriedade, senhora baronesa, e mereço ser impiedosamente punido por isso. Permita-me apenas visitá-la no futuro como amigo.

— Depois de saber que o senhor não teve má intenção, não posso mais puni-lo pela infração; por conseguinte, também está automaticamente abolida a condição que o senhor vincula à punição.

— Isso significa que está me rejeitando pela segunda vez?

— Sim! — respondeu ela brevemente.

— Muito bem, então cometerei outra infração para me tornar novamente seu prisioneiro.

— Cuidado, senhor! — exclamou ela, e mais uma vez seus olhos brilharam como no dia anterior. — Se o fizer, serei realmente impiedosa e o punirei como a um criminoso.

Rainau sorriu.

— Como desta vez, eu não recorreria à sua misericórdia, mas aceitaria tranquilamente sua punição.

— Não a que eu lhe daria!

— E por que não?

— Porque é desonrosa. Nos meus domínios, o ladrão de caça é chicoteado e expulso do pátio do castelo por cães.

— Eu suportaria isso também, se a senhora empunhasse o chicote.

Karola o fitou com um olhar penetrante.

— O senhor seria mesmo capaz de esquecer sua hombridade a ponto de se deixar chicotear por uma mulher? — inquiriu.

— De uma mulher que esteja em um patamar tão elevado como a senhora, que parece ter nascido para dominar, para reger, e que sempre é justa, o homem que tiver cometido uma infração é obrigado a aceitar qualquer castigo, por mais rigoroso que seja.

Karola já havia oferecido uma cadeira a ele, que estava sentado à sua frente. A partir do momento em que Rainau se apresentara a ela, a baronesa assumiu uma postura de mulher cosmopolita e passou a falar com ele em tom tranquilo, como mandam os bons costumes da sociedade. Rainau recobrou sua espontaneidade e, com ela, a coragem para conversar com a baronesa.

— Pelo que vejo — disse Karola, e uma sombra passou por seu belo semblante —, já lhe falaram a meu respeito. Por mais que eu evite as pessoas, não se pode impedir que elas se ocupem de mim.

— A senhora é uma mulher incomum, baronesa; é impossível não a admirar.

— Levo uma vida independente, apenas isso; sinceramente, não mereço a admiração das pessoas por esse fato.

— Se a senhora não se isolasse com tanto rigor de todos, a atenção ou a curiosidade que hoje nutrem pela sua pessoa desapareceria por si só.

— Odeio as pessoas! — disse ela, mais para si mesma que para Rainau, que olhava maravilhado para a bela jovem que odiava as pessoas e era tão digna de adoração.

— Tem alguma razão para isso? — perguntou ele em voz baixa.

— Ah, muitas! — riu ela com amargura.

Mais uma vez, nos olhos da baronesa ardeu a brasa demoníaca que já o assustara algumas vezes, e ele também se sentiu tomado por certo ódio contra as pessoas que haviam ferido aquela criatura tão bela e magnífica.

— Mas isso não vem ao caso aqui — declarou ela, recobrando o tom leve. — Felizmente, o senhor escapou de minha magistratura, o que lamento de verdade — acrescentou com um sorriso sedutor.

A baronesa havia se levantado, aparentemente esperando que ele partisse. Rainau também se levantou, mas ousou perguntar mais uma vez, com timidez:

— Não posso mesmo...?

— O quê? — indagou ela.

— Repetir minha visita?

— Ah, o senhor é persistente! Muito bem, vou permitir que o faça, sob o risco de fornecer mais assunto para as pessoas, mas apenas sob uma condição.

— Aceito qualquer uma.

— O senhor vai me prometer que, se por algum motivo eu achar que suas visitas não são mais aceitáveis, acatará minha ordem de não aparecer mais aqui e não me incomodar mais.

— Dou-lhe minha palavra de honra — declarou Rainau e beijou a mão dela com gratidão.

Ela o dispensou com uma graciosa reverência, e ele partiu para sua propriedade com uma sensação de serenidade e alegria.

III.

A partir daquele dia, as visitas de Rainau ao castelo da baronesa Hammerstein se tornaram cada vez mais frequentes. Uma nova vida, nunca imaginada, abriu-se para ele. A atividade séria e autônoma de Karola, sua postura decidida nas situações que a envolviam, seu rigor implacável tanto em relação aos outros quanto em relação a si mesma — ele nunca tinha visto nada parecido em uma mulher tão jovem, e essas qualidades conquistaram todo o seu respeito. Ela reinava em seu castelo com poder absoluto, ditava leis e punia com rigor impiedoso quem as violasse. Ao mesmo tempo, realizava estudos científicos, assinava uma boa quantidade de jornais e lia todas as obras novas de autores célebres. Muitas vezes, Rainau se sentia envergonhado diante daquela jovem que sabia muito mais que ele e, no entanto, não era o que se costuma chamar de "intelectual". Ela nunca se gabava de seu conhecimento e só o revelava quando opinava com discernimento e inteligência sobre alguma coisa ou quando se manifestava sobre uma questão com palavras claras. O que mais surpreendia Rainau era a maneira prática como a baronesa administrava sua grande propriedade. Ela supervisionava todos os assuntos econômicos, estava sempre muito bem informada sobre tudo o que acontecia, conduzia os empregados com rigorosa disciplina, e eles lhe obedeciam de bom grado, sem discutir. Certa vez, quando ela repreendeu um criado com palavras duras, Rainau não conseguiu se conter e perguntou:

— Quando menina, a senhora também era assim rigorosa, baronesa?

— Não — respondeu ela. — Fui criada como a maioria das meninas, para ser obediente, uma máquina nas mãos dos pais e, mais tarde, do marido.

— Mas, então, de onde vem essa vontade firme e a força para colocá-la em prática?

— A vida me serviu de escola e despertou todas as qualidades que talvez estivessem adormecidas em mim.

— E a senhora é grata à vida por essa independência que ela lhe deu?

— Sim e não. Em todo caso, teria sido melhor se antes já tivessem me permitido pensar e agir um pouco por mim mesma, mas fui uma criança aristocrática, protegida e mimada. Quando a vida me pegou, minha alma delicada estremeceu, muitas vezes de maneira dolorosa, ao toque de suas mãos ásperas, mas a infelicidade acentuou minhas forças; finalmente encontrei meu caminho e agora estou tranquila e segura, olhando sem medo para o futuro.

— Sim, e a senhora é a primeira e única mulher que admiro de verdade! Conheci muitas mulheres brilhantes, mas nenhuma delas poderia, nem mesmo remotamente, ser comparada à sua pessoa.

— O senhor sabe que não está autorizado a me fazer a corte — disse Karola com um sorriso travesso, que pareceu extremamente encantador em seu rosto, em geral muito sério.

— Nem a estou fazendo, pois a senhora está muito acima de mim para isso. Permita-me apenas, vez por outra, que eu lhe expresse meu apreço.

— Por mim, tudo bem, mas, por favor, sem muito sentimentalismo.

— E por que não?

— Porque geralmente ele nos engana e provoca os maiores conflitos com a razão.

— Mas e se eu apenas sentir nas circunstâncias em que a razão permitir...

— Ora! A razão é muito complacente com os desejos do coração. No começo, ela costuma fazer muitas concessões, para depois julgar com rigor ainda maior.

— E a senhora, baronesa, não se entrega a nenhum sentimento?

— Não, eu me resignei — disse ela sem nenhuma emoção.

— Mas isso é muito triste!

— Acho tolerável.

— Mais uma vez, não posso deixar de admirá-la. Qualquer outra mulher, se tivesse avançado tanto, teria rompido não apenas com o mundo, mas também consigo mesma. Entretanto, a senhora se superou e se aperfeiçoou, chegando a um patamar raramente alcançado por uma mulher.

Rainau ganhava confiança, mas Karola jamais permitiria esse tipo de intimidade. Com habilidade, passou para outro tema.

Ele foi obrigado a reconhecer que, graças àquela mulher perspicaz, estava melhorando muito como pessoa. Com horror, lembrava-se dos anos anteriores, vazios de conteúdo, que havia dissipado num insensato turbilhão de prazeres insípidos, ao lado de mulheres medíocres, acostumadas à boa vida. Ele se interessava por tudo o que Karola fazia e procurava tomá-la como exemplo. Sua mente tornou-se mais clara, e seu coração, mais quente. Ele voltou a amar a vida; seu sorriso esnobe havia desaparecido e seus grandes olhos azuis se mostravam alegres e serenos.

Rainau nunca tinha amado. O amor havia sido apenas um divertimento agradável para ele, que não conhecia nenhum sentimento profundo e sério. As mulheres galantes e as moças levianas que fizeram parte de seu círculo de relacionamentos só lhe permitiram conhecer um lado do amor, o que inflama o sangue, mas não satisfaz o coração. Seus sentidos tinham se regalado, mas seu coração permanecera vazio. Certamente também conhecera mulheres boas e nobres, mas nenhuma soubera ressoar a misteriosa nota em seu íntimo, que desde que ele conhecera Karola vibrava em sua alma com discretas e suaves oscilações. Não ousava admitir nem a si mesmo que amava Karola, tão grandes eram o respeito e a veneração que tinha por ela, mas não conseguia esconder de si mesmo que um irresistível fascínio o atraía para perto dela, que um agradável tremor percorria seu corpo e o enchia de uma felicidade silenciosa, embora sem esperança, quando ela pousava o pequeno pé em sua mão e ele a ajudava a subir na sela. Na maior parte do tempo, Karola era séria e fria, mas às vezes se mostrava bem-disposta e conversava com ele de maneira encantadora, como uma menina. Nesses momentos, quando perdia sua tranquilidade altiva, era de uma beleza tão sedutora e de um encanto tão arrebatador que, com frequência, o rapaz se perdia como que embriagado em seu olhar, e só era trazido de volta à consciência pela risada alegre e sonora da moça. Karola se relacionava com ele de um modo peculiar, que o atraía sobremaneira.

Quando cavalgavam juntos, o que ocorria com muita frequência, e ela esquecia o chicote, dizia com poucas palavras, em tom de ordem, como se ele fosse seu criado:

— Vá buscar meu chicote! — E ele obedecia em silêncio, sem se surpreender minimamente com o tom com o qual essa ordem era pronunciada. Era tão natural que ela mandasse e ele obedecesse que Rainau não se ofendia nem um pouco; parecia-lhe, antes, um prêmio poder servir a ela. Oh, o que ele não faria apenas para poder estar sempre ao lado daquela mulher!

Ao anoitecer, quando ela ficava sentada junto à lareira, envolvida em seu casaco de pele quente e macio, e olhava para ele com seus olhos brilhantes e pretos, Rainau era tomado por uma sensação muito estranha: como o marinheiro que segue o canto mágico de uma sereia, arriscaria a vida e cairia de bom grado nas profundezas daquela maravilhosa alma feminina, que resplandecia nos olhos de Karola como um mistério insolúvel. Apenas a muito custo conseguia dominar os sentimentos que ela despertava em seu íntimo; apenas com o esforço de toda a sua força viril conseguia esconder o que se passava em seu coração.

Haviam transcorrido meses desde que começara a frequentar a casa dela, e ele ainda não sabia nada de seus relacionamentos.

Que ela era infeliz, isso ele via na forma, muitas vezes dolorosa, como os cantos de sua boca se contraíam, na expressão amarga e ácida de seu rosto quando a conversa chegava a um assunto que a fazia lembrar-se de um sofrimento do passado, de uma felicidade perdida ou nunca encontrada. Era o que via no rigor frio e quase cruel com o qual ela repudiava toda fraqueza humana e até todo calor da alma. Entretanto, no peito daquela mulher, sob o gélido manto no qual ela tentava se envolver, parecia bater um coração ardente, um coração que, repleto de sentimentos belos e nobres, fechava-se para as pessoas que o haviam machucado ou não o haviam compreendido, mas que, na solidão intensa e escolhida por ela própria, ansiava pelas alegrias da vida. Quanto ela não deveria ter sofrido antes de aquela palidez não natural para sua idade cobrir sua face juvenil, até alcançar a paz de espírito e a segurança que ele tanto admirava nela!

IV.

Era um dia gelado de inverno quando Rainau chegou ao pátio do castelo com seu pequeno trenó, dirigido por ele mesmo.

Quando ele entrou no boudoir de Karola, já começava a anoitecer. A bela mulher estava deitada em sua otomana,[2] toda envolvida em uma pele escura de cordeiro. Seus cachos preto-azulados pendiam em desordem ao redor do rosto insolitamente agitado, os olhos ardiam de maneira assustadora, e a pequena mão branca corria pela penugem da pele de cordeiro com um espasmo nervoso.

Assustado, Rainau parou diante da mulher estranhamente perturbada e, preocupado, perguntou, inclinando-se em sua direção:

— A senhora está doente, baronesa?

— Estou — respondeu ela, e até mesmo no tom de sua voz vibrava uma dor amedrontada. — Eu não deveria recebê-lo hoje, mas o senhor vem de tão longe que realmente não tive coragem de mandá-lo de volta para casa. Além do mais, uma pequena distração me fará bem.

---

2   Sofá largo e sem encosto.

Sente-se aqui comigo e me conte algo. Queira me perdoar pelos trajes impróprios.

— Imagine! Fico muito grato por não ter se recusado a me receber — disse Rainau, contente. — Mas o que a senhora está sentindo, baronesa?

— É uma dor crônica — disse ela com um sorriso estranho. — Lembranças que às vezes retornam e cujo peso ainda faz meu coração se contrair...

— Portanto, uma dor de alma?

— Sim, se preferir, uma dor de alma que por vinte e quatro horas inutiliza o corpo para toda e qualquer atividade intelectual.

Rainau havia se sentado aos pés da estranha mulher e olhava para ela com tristeza.

— E não existe nenhum remédio para acabar com essa dor? — perguntou com empatia.

— Como ensinar uma pessoa a esquecer? Se tirassem de seu corpo um membro em perfeito estado, cuja perda o senhor sentisse a cada movimento, que remédio seria capaz de fazê-lo acreditar que o senhor não é um aleijado?

— E alguém tirou alguma coisa da senhora de maneira desumana?

— Sim — respondeu ela, mais uma vez esboçando o traço ácido e amargo que tanto feria a alma dele —, mutilaram minha alma, e de vez em quando a ferida se abre...

— Ah, sua alma é tão perfeita quanto pode ser uma alma humana! — exclamou ele com entusiasmo. — A senhora está sendo injusta consigo mesma, baronesa, muito injusta!

— O senhor se engana, Rainau — disse ela com tranquilidade. — Algo me falta, e viver sem ele é muito doloroso.

— E o que seria?

— *Fé* e *confiança*.

Rainau olhou para a mulher pálida e doente com profunda empatia, mas não ousou dizer mais nada; apenas suspirou e se calou. Karola endireitou-se um pouco na otomana, afastou os cachos da testa e olhou para ele de maneira peculiar.

— Quer ouvir minha história? — perguntou ela com certa precipitação.

— Se não a comover muito, baronesa, a senhora me deixaria imensamente feliz.

— Por certo me comoverá, mas depois me sentirei melhor. Isso aliviará minha alma como uma sangria alivia o corpo.

— Então fale e tenha a certeza de minha mais sincera empatia.

— O senhor se engana — disse ela com frieza —, não quero nenhuma compaixão. Se falo é para aliviar um pouco o peso que hoje ameaça me sufocar.

Rainau abaixou a cabeça. Aquele tom glacial era o modo como ela o rejeitava quando ele perdia o autocontrole e dizia o que o comovia.

Karola se reclinou nas almofadas e, com calafrios, apertou a pele de cordeiro contra si. O cômodo estava ainda mais escuro, ele só enxergava o rosto pálido dela, com os grandes olhos cintilantes. Ela se calou por um instante, depois disse:

— Está aborrecido comigo, Rainau?

— Oh, como eu poderia! — exclamou o rapaz.

— Tem de me aceitar como sou — afirmou ela com um sorriso leve e melancólico —, implacável comigo mesma e com os outros. Ouça-me, e talvez depois compreenda minha natureza peculiar.

"Eu era filha única, e meus pais gastaram todo seu amor comigo. Meu pai era oficial e se casou um pouco tarde. Quando o conheci, ele já tinha cabelos brancos e um caminhar um tanto cansado. Minha mãe era uma mulher bonita, bondosa, gentil, mas também fraca, que dava muito valor à antiga nobreza de sua família e, embora não tivesse quase nenhum patrimônio, procurava levar uma vida compatível com sua posição social. Como a aposentadoria de meu pai não era grande coisa, isso era praticamente impossível, sobretudo porque minha educação comprometia boa parte dos rendimentos. Aprendi o que se considerava que uma jovem dama deveria saber, ou seja, muita coisa, mas nada que fosse razoável. Eu amava profundamente meus pais e era grata pelo sacrifício que faziam por mim. Desse modo, cheguei aos dezesseis anos sem um único pensamento independente e sem vontade própria; só pensava e queria as coisas por intermédio de meus pais. Eu era bonita, tão bonita que atraía as atenções em toda parte onde aparecia, mas à minha beleza estava preso um peso de chumbo que amargurava todo instante feliz e todo prazer — minha pobreza. Quando eu saía na rua ou ia a algum salão, costumava ouvir exclamarem com admiração: 'Ah, como ela é bonita!', mas sempre acrescentarem em tom de compaixão: 'Pena que não tem patrimônio!'. Eu até podia suportar o fato de ser pobre, mas me sentia indignada por terem pena de mim em razão de minha pobreza. O pouco valor que eu tinha aos olhos do mundo me fez desconfiar do valor das moças que recebiam manifestações de apreço por parte da sociedade apenas por causa de seu polpudo dote. O mundo masculino me via como uma bela peça de exposição, que atraía sua admiração, mas que ninguém podia desejar ter.

"Eu ainda não tinha dezessete anos quando um homem veio à nossa casa. Em pouco tempo, ele se tornou o queridinho de meu pai e o convidado preferido de minha mãe. O barão Hammerstein tinha pouco menos de trinta anos, mas parecia bem mais velho. Havia recebido um patrimônio bastante considerável de seus pais, aumentado ainda mais graças às suas heranças. Passara longos anos fora do país, circulando pela Itália, pela França e pela Inglaterra, até que sua saúde se deteriorou e a preocupação com a própria vida o fez buscar novamente o ar saudável e puro de nossa terra. Ele era bonito, elegante e tinha os modos refinados de um cidadão do mundo. Por isso, aceitei de bom grado suas demonstrações de apreço, embora não sentisse nenhuma simpatia por ele, que com frequência me assustava com declarações que demonstravam falta de sensibilidade. Já se haviam passado talvez três meses desde que ele se tornara nosso visitante diário, quando um belo dia meus pais me chamaram ao quarto deles para me revelar que o barão tinha pedido minha mão e eles a haviam concedido. Eu deveria me preparar para recebê-lo como noivo. Recebi essa notícia como um golpe. Embora até então eu estivesse acostumada a obedecer à vontade de meus pais, senti que, dessa vez, eles tinham ido longe demais. Meu coração virginal se indignou só de pensar em ser casada com um homem pelo qual eu não tinha nenhuma afeição. Aos prantos, abracei minha mãe e, soluçando, pedi que retirasse aquela terrível promessa, pois eu jamais poderia ser esposa dele. Meus pais me fitaram com perplexidade; nunca esperariam isso de sua filha obediente. Minha mãe me pôs com delicadeza em seu colo e acariciou minha face, tal como se costuma fazer para tranquilizar uma criança agitada.

"'Karola, meu amor, o que foi?', perguntou ela, preocupada. Abracei seu pescoço e, em meio a lágrimas e beijos, pedi que não me entregasse em matrimônio, que me mantivesse mais alguns anos em casa. Minha mãe olhou com ar de apreensão para meu pai, que também estava preocupado. Ambos não sabiam o que fazer diante daquela resistência inesperada.

"'Karola', disse meu pai, por fim, aproximando-se de mim, 'dei minha palavra ao barão, partindo da firme premissa de que minha filha obediente honraria a vontade de seu velho pai e não lhe causaria desgosto por desobediência.'

"'Pai, quero fazer tudo o que você exige', disse eu, comovida, 'mas seja indulgente apenas desta vez! Não posso me casar com o barão, não o amo, amo apenas vocês!' Ajoelhei-me diante de meus pais e, suplicando, estiquei minhas mãos na direção deles.

"'Se você nos amasse, Karola', disse meu pai com tristeza, 'poderia nos poupar dessa dor. Só queremos o melhor para você. Como baronesa Hammerstein, você estará amparada, e seus pais poderão morrer em paz. Pensar em seu futuro já nos causou inúmeras aflições e, agora que tiramos esse peso do coração, você quer destruir sua própria felicidade com uma obstinação infantil? Uma moça pobre como você não pode rejeitar um pretendente tão rico sem uma razão plausível, e você não tem nenhuma.'

"'Mas não o amo', recomecei timidamente.

"'Isso não passa de um capricho de menina. Você o amará quando ele for seu marido.'

"'Nunca!', disse eu com firmeza.

"'Karola!', exclamou minha mãe. 'Você está magoando seu pai; está sendo ingrata com a bondade e o amor dele.'

"'Tenha piedade!', solucei. 'Tenha piedade!', e abracei os joelhos de meu pai.

"'Seja sensata, minha menina', disse ele, inclinando-se carinhosamente na minha direção. 'Aceite a sorte que está sendo oferecida a você e não nos dê esse desgosto. Você é nossa única e amada filha, queremos vê-la protegida. Hammerstein é um homem bom e honrado, com certeza a fará feliz.'

"Meus pais ainda passaram um bom tempo incutindo em mim sua vontade, até seu amor subjugar minha dor e eu lhes prometer obediência.

"Meu noivado durou dois meses. Hammerstein parecia me amar à sua maneira sóbria e desapaixonada, que mais de uma vez ofendeu minha sensibilidade poética. Naqueles dois meses, pressenti a grandeza do sacrifício que estava fazendo por meus pais e o alto preço que estava pagando por seu amor. Eu sabia que tinha entregado minha paz interior em troca da tranquilidade de sua velhice. A única recompensa por meu pobre coração atormentado era pensar que aquelas duas pessoas amadas teriam garantida uma velhice feliz. Eu não amava meu noivo, mas tampouco amava outro homem e esperava habituar-me a ele. E, assim, chegou o dia de meu matrimônio. Ah, eu estava tão bonita, era uma noiva tão bonita e tão infeliz! Já não chorava, mas meu coração sangrava, e o 'sim' funesto saiu trêmulo de meus lábios. Nem mesmo a alegria de meus pais era capaz de aliviar minha dor. Eu me sentia partida ao meio, sem esperança.

"Como toda moça, eu tinha meus sonhos e minhas doces e sagradas fantasias a respeito dos segredos do amor; porém, quando me vi nos braços de meu marido, tudo desmoronou dentro de mim. O que até então havia brilhado como sublime e mais sagrado foi aniquilado por suas mãos infames; o pólen delicado desapareceu de minha alma e, de repente, senti todo o horror que seria minha vida futura. Com uma raiva impotente, eu era obrigada a tolerar suas carícias, mas a indiferença que eu sentia por ele no início logo se transformou em ódio, um ódio indelével!

"Tive o cuidado de esconder de meus pais tudo o que dilacerava meu coração e continuei a mostrar a eles certa tranquilidade, que os iludia completamente quanto ao estado de minha alma. No entanto, em meu íntimo, eu também sentia rancor por eles, pois era inteligente demais para não perceber que haviam sacrificado a felicidade de sua filha pela serenidade confortável de sua velhice. Oh, nada é tão egoísta quanto o amor dos pais! Como é duro e cruel o sacrifício que cobram pelo amor que nos deram! Sob o pretexto de estarem preocupados comigo, empurraram-me para um sofrimento que só consegui suportar reunindo todas as forças de minha alma para não romper comigo mesma e com o mundo. Ah, Rainau, o senhor não imagina o que significa para uma mulher nobre ser obrigada a entregar, de maneira fria e cruel, o que apenas o mais puro e sagrado amor está autorizado a exigir. Tornei-me cruel contra mim mesma, destruí toda a poesia que havia em mim e zombei de meu coração com um escárnio frio quando às vezes ele queria palpitar, embalado por sentimentos calorosos e belos.

"A enfermidade de meu marido continuou a progredir e, com ela, a falta de consideração por mim. Esse sofrimento durou sete anos; então ele morreu. Nem sei dizer o quanto sofri nesses longos anos!

"Quando os grilhões finalmente foram rompidos, eu ainda era jovem, bonita e rica, mas por dentro não era nada disso! O tormento e o martírio que havia suportado destruíram qualquer esperança de felicidade em mim. Meus pais já haviam falecido e, apesar de minha riqueza, eu me sentia pobre, abandonada e infeliz.

"Nada tem um efeito tão destrutivo sobre a vida anímica de uma mulher quanto o lugar-comum, o cotidiano árido de um casamento com um marido não amado. A mulher suporta muitas coisas, mas precisa ser capaz de extrair suas forças da fonte sagrada do amor. Quando o destino lhe nega esse único apoio, ela se torna dura, fria e cruel.

"Quando voltei ao mundo como viúva jovem e rica, vi os homens a meus pés, implorando por meu amor, mas, dessa vez, era eu quem brincava com o coração dos outros, como uma criança brinca com pedrinhas brilhantes. Eu ria de seus tormentos, pois meu olhar era aguçado e conseguia penetrar em seu coração. Eu via que nenhum deles tinha por mim aquele amor que me elevaria e me purificaria.

"Assim, os anos se passaram e, em meio ao suntuoso deserto de minha existência, eu tinha sede de amor. Cercada por pretendentes que disputavam minha benevolência, sentia meu coração ardente perecer. As mulheres me invejavam por minha beleza e pelos amores que eu sempre conquistava e rejeitava. Elas me odiavam e me perseguiam com seu escárnio. Desse modo, acabaram tirando de mim a última coisa que eu ainda tinha: minha boa fama. O mundo não queria acreditar que eu era virtuosa, sobretudo porque havia ousado ser independente e viver sozinha; e a sociedade também me repugnava cada vez mais. Eu via que só me rendiam homenagens em razão de minha riqueza; assim, com amargura e desânimo, acabei me retirando nesta propriedade.

"Aqui criei uma vida cheia de atividade e trabalho, renunciei a qualquer outra felicidade, fechei-me para todo tipo de relacionamento, conduzi sozinha a administração de minha propriedade, aprofundei-me em estudos sérios, e a paz voltou, sim, posso dizer que a satisfação voltou à minha alma despedaçada. O amor pela natureza despertou em mim, conectei-me internamente a ela, que, com sua mão suave e usando de brandura e gentileza, curou meu pobre coração ferido. Apenas de vez em quando algumas lembranças despertam em mim e surgem à minha frente como fantasmas. Ah, temo que elas ainda lancem suas sombras cinzentas em meu futuro. Nesses dias, como hoje, sou totalmente vítima de pensamentos sombrios e angustiantes."

Karola se calou. Nesse meio-tempo, a noite havia invadido o cômodo, mas sua cabeça pálida ainda estava iluminada na profunda escuridão. Rainau ficou muito comovido com a história breve e dolorosa daquela mulher. Para ele, o relato havia soado como uma acusação contra a humanidade, que em seu cruel egoísmo tinha destruído um coração jovem e nobre e, como se não bastasse, ainda recompensava a vida sacrificada e rompida com ironia e escárnio. Sim, finalmente ele compreendeu a natureza daquela mulher, sua frieza muitas vezes ácida e amarga, seu rigor cruel e sua obstinação fria contra toda manifestação calorosa de sentimento. Não obstante, ele a admirava, sim, a venerava em toda a tranquilidade resignada na qual ela estava novamente à sua frente. Em silêncio, buscou a mão de Karola na pele macia e escura de cordeiro e, ao encontrá-la, deu-lhe um beijo longo e ardente, o único sinal de compaixão que ousou manifestar.

Uma respiração profunda elevou o peito da baronesa:

— Ah, estou me sentindo melhor — disse Karola.
— É a primeira vez que falo de meu passado a alguém, e realmente me sinto aliviada. Mas agora, Rainau, é hora de iluminarmos o ambiente e de eu recompensá-lo com uma xícara de chá pelo cansativo trabalho de ter me ouvido. Por favor, chame o criado e, acima de tudo, mande iluminarem a sala.

Rainau fez como ela ordenara e, pouco depois, estava sentado à sua frente, bebendo com ela o chá fumegante. A bela mulher realmente parecia mais tranquila desde que lhe abrira o coração; seus traços se tornaram mais amigáveis, e seus magníficos olhos se mostravam suaves e gentis. Ele sentiu que, naquela noite, havia se aproximado mais de Karola, e que apenas o orgulho dela a impedia de admiti-lo com palavras. Quando se levantou para ir embora, pegou a mão dela e, fitando-a com seus olhos azuis e sinceros, disse-lhe:

— Agradeço-lhe, baronesa, a confiança que a senhora me concedeu hoje; ela me engrandeceu a meus próprios olhos.

— E eu lhe agradeço — disse ela, sorrindo — a paciência com que me ouviu. No que se refere à confiança, acredito que nunca terei motivo para me arrepender.

— Nunca! — exclamou Rainau em um tom que vinha do fundo de seu coração. Sua estima por Karola o dominava, e involuntariamente ele se ajoelhou à frente dela e levou a pequena e cara mão aos lábios.

— O que está fazendo, Rainau? Por acaso sou sua senhora? — perguntou ela.

— Oh, a senhora é a mulher mais nobre e pura que conheço! — exclamou ele com entusiasmo. — Não apenas eu, mas toda a humanidade deveria ajoelhar-se à sua frente e admirá-la, como faço agora!

— Ora, apenas um apaixonado fala assim — disse Karola com seu jeito alegre e atraente —, e isso vai contra nosso acordo. Estou lhe avisando, Rainau, tome cuidado com seu coração. Como sabe, sou cruel.

— Oh, sei disso — disse ele com estranha seriedade —, mas ninguém escapa ao próprio destino; já caí em seu poder, faça comigo o que quiser.

— E se eu fizer do senhor o meu *escravo*?

— Servirei à minha bela senhora com lealdade até a morte!

— Pelo seu modo de falar, daria até para acreditar! Agora vá, Rainau, está tarde e preciso descansar.

Mas ainda demorou para o espírito de Karola encontrar descanso. Sua mente era atravessada por imagens confusas, metade passado, metade futuro, e, em meio ao caos colorido de seus pensamentos, ela viu o olhar fiel e profundo de Rainau voltado para ela, pleno de amor verdadeiro e puro, e foi tomada por uma sensação peculiar e agradável. Desde os anos de juventude, esse era o primeiro sonho que voltava a atravessar sua alma como um presságio.

— Meu Deus — murmurou —, será que você realmente ainda pode ter esperança, pobre coração maltratado? Pensei que a vida tivesse ficado para trás, com suas esperanças e alegrias, mas parece que uma flor ainda quer se abrir no brejo deserto e sombrio de minha existência, uma estrela quer reluzir e, com seu brilho suave e ameno, curar feridas abertas por um destino duro e cruel. Será que devo abrir meu coração a você, amor? Devo aceitá-lo em meu peito solitário com seus raios claros e dourados, que com os olhos acenam para mim de maneira tão atraente? Há um coração no caminho. Devo pisoteá-lo ou aceitá-lo e dar-lhe um lar em *meu* coração? Rainau, Rainau, que batalha você provocou com seu semblante sincero!

Já passa da meia-noite quando ela se levanta e vai para o quarto, e mesmo durante o sono é visitada por doces sonhos de amor, felicidade e paz.

V.

Na manhã seguinte, quando Rainau chegou para saber como estava a dona do castelo, Karola se precipitou até ele com disposição e já de longe exclamou:
— Uma notícia desagradável, Rainau!
— Qual, baronesa?
— Imagine que um esquadrão de hussardos está vindo para a região, e me enviaram um capitão de cavalaria. O inesperado hóspede deve chegar hoje mesmo.
— Lamento pela senhora, baronesa, embora eu também tenha pela frente o mesmo destino.
— Sim, o senhor é homem, mas e eu? O que vou fazer com o hussardo?
— Talvez seja um homem gentil e uma companhia tolerável.
— O que é ainda mais perigoso para mim. Imagine só, ficar sozinha com um homem gentil neste castelo! Que desgraça não pode acontecer! — Karola disse isso com um desespero estranho e um charme encantador. Rainau ficou comovido, a situação realmente não lhe pareceu isenta de perigo. Já começava a sentir certo ciúme em relação ao desconhecido capitão de cavalaria, sobretudo porque, naquele dia, a beleza de Karola irradiava um encanto magnífico. A mulher sedutora percebeu a inquietação dele e deu uma gargalhada. Rainau enrubesceu, mas, quanto mais aumentava seu constrangimento, mais alto ela ria.
— Pelo que vejo, o senhor realmente teme por mim! — exclamou ela em tom alegre. — Mas quero tranquilizá-lo. O capitão de cavalaria não deverá aparecer à minha frente.

Rainau beijou sua mão com gratidão. Um peso havia sido retirado de seu coração.

Karola mandou chamar o mordomo e lhe comunicou a ordem em relação à visita esperada; em seguida, pediu a Rainau para ser seu convidado naquele dia.

Após algumas horas, o capitão de cavalaria chegou com seu criado e se instalou no quarto indicado pelo mordomo. Depois de trocar de roupa, pediu permissão para cumprimentar a dona da casa; entretanto, o criado voltou com a mensagem de que a senhora do castelo agradecia a visita, mas não estava em condições de recebê-lo. Contrariado, tirou a espada da cintura e jogou-se no divã.

— Vai ser um tédio ficar aqui — resmungou. — Certamente a dona deste castelo é uma viúva respeitável ou uma solteirona que se retirou aqui com sua dor de cabeça.

Enquanto o capitão de cavalaria se concedia um breve descanso, Karola e Rainau conversavam no salão depois de terem jantado juntos. Karola estava excepcionalmente alegre, e Rainau se apaixonava cada vez mais sempre que lançava um olhar àquela mulher de uma beleza arrebatadora. Com frequência, tolo como um menino, já não sabia o que dizia. Seu acanhamento só aumentava o bom humor da bela mulher. Ela apertava ainda mais os grilhões nos quais ele já sofria e o enredava cada vez mais no feitiço de seu charme.

Um tilintar de esporas no chão de pedra do pátio atraiu a atenção dela, que foi até a janela. Olhou por um instante para fora, depois se virou e disse para Rainau:

— Ah, veja só, Rainau, que belo homem! Uma figura magnífica, com porte elegante. Realmente, um cavaleiro perfeito.

Karola disse essas palavras em tom de sincera admiração, fazendo o coração de Rainau se contrair mais uma vez de maneira dolorosa, sobretudo quando ele próprio olhou pela janela e foi obrigado a admitir que o homem do outro lado era mesmo excepcionalmente belo.

O personagem tão admirado era ninguém menos que o capitão de cavalaria Steinach, banido pela dona do castelo e que se encaminhava ao estábulo para ver seus cavalos.

Os animais estavam sendo muito bem cuidados, e ele ficou satisfeito com a ordem exemplar que encontrou nas estrebarias. Deixou que o cavalariço da baronesa lhe mostrasse os cavalos de sua senhora. O olhar de perito do hussardo ficou espantado com os animais bonitos e bem alimentados. No entanto, quando o rapaz lhe apresentou os dois cavalos com os quais Karola cavalgava, o capitão parou, surpreso.

— Sua patroa cavalga? — perguntou, admirado, enquanto examinava os magníficos animais e, em seu íntimo, pensava: "Então ela não é uma solteirona, pois as solteironas têm aversão a esses animais inteligentes".

— Ah, a senhora baronesa cavalga melhor do que qualquer homem! — respondeu o cavalariço com ar de quem sabe o que está dizendo.

— E quando ela costuma cavalgar? — quis saber Steinach.

— Quando sente vontade.

— Isso eu sei, seu tolo, mas *quando* ela gosta de cavalgar?

— A qualquer hora do dia, nunca se sabe ao certo quando ela vai montar.

— E quem a acompanha?

— Ultimamente tem sido mais o senhor Rainau, às vezes eu, mas ela também cavalga sozinha.

— Quem é o senhor Rainau?

— Nosso vizinho.

"O amante dela", pensou Steinach, e deixou o estábulo. Ficou curioso e olhou para as janelas no alto do castelo. Viu um belo busto de mulher e um rosto nobre e pálido atrás do vidro. Ele cumprimentou, e a pálida cabeça inclinou-se com altivez, desaparecendo da janela logo em seguida. "Se esta for a proprietária", pensou Steinach, "então é extremamente bela; valeria a pena lhe fazer a corte." Enquanto se dirigia a seu quarto, tomou a firme decisão de tentar de tudo para se aproximar dela.

Karola tinha razão. O capitão de cavalaria Steinach era um homem extraordinariamente belo, uma figura magnífica. Cada movimento seu era ousado, vigoroso e elegante; além disso, tinha cabelos pretos, um tom de pele moreno, de cigano, lábios vermelhos e carnudos, acima dos quais se encrespava um bonito bigode, e olhos escuros que faiscavam com uma atrevida alegria de viver. Se por um lado mostrava uma natureza um tanto livre, por outro tinha um bom coração, correspondendo inteiramente ao modo como seus colegas o chamavam: "um grande sujeito".

Os empregados do castelo o trataram com toda a atenção e com o maior respeito, mas a proprietária permaneceu longe de sua vista. Não obstante, ele a espreitava como o gato espreita o rato, e quanto menos conseguia vê-la, maior era sua curiosidade para conhecê-la. Assim se passaram duas semanas. A qualquer hora do dia, ele procurava estar nos corredores, no pátio e nas estrebarias, mas sempre em vão! Não se via a pálida imagem da mulher em lugar nenhum. Condenou sua falta de sorte; nunca havia visto tanta obstinação em uma mulher, mas não perdeu a esperança; uma hora depararia com ela e, então, cobraria uma compensação pela longa espera. Certo dia, tinha acabado de voltar de uma cavalgada de serviço quando um barulho de trote atraiu sua atenção. Foi até a janela e viu uma mulher entrar a cavalo no pátio do castelo, lançar as rédeas para o cavalariço que a acompanhava e apear com leveza e ousadia.

Por um instante, contemplou com admiração a bela amazona; depois, recompôs-se e saiu, apressado.

— É agora ou nunca! — disse, decidido.

No meio do corredor, deparou com Karola, que já não tinha como escapar. Ela vestia um traje de cavaleira em cetim azul-escuro e casaco no mesmo tecido, ornado com pele de marta marrom-clara. Seu peito ainda arfava por causa da intensa cavalgada, e a face exibia um leve tom rosado, que conferia um novo encanto à sua beleza.

O capitão de cavalaria ficou surpreso, não imaginava que a dama fosse tão bela. Parou em sinal de respeito e cumprimentou-a, levando a mão ao gorro. Os traços de Karola esboçaram um sorriso, ela o cumprimentou e quis seguir adiante. Com humildade, ele se colocou em seu caminho e lhe pediu para que o ouvisse por um instante.

— Siga-me! — disse ela brevemente, avançando à sua frente. Parou em um grande salão. Com um gesto altivo, indicou-lhe uma cadeira e, com toda a graça de uma dama aristocrática, sentou-se em uma poltrona. Seu olhar vagou pelo rosto do capitão, examinando-o e fazendo-o corar.

— Em que posso lhe servir, senhor capitão? — perguntou ela com uma frieza contida.

— Antes de tudo, perdoe-me, baronesa, pelo modo como a interpelei há pouco, mas meu sentimento me compele a lhe agradecer a atenção que diariamente me é dispensada em sua residência.

— Isso é obra de meu mordomo; dirija seu agradecimento a ele.

— Está zangada comigo, senhora baronesa?

— Sim — respondeu ela com sua peculiar brevidade.

O capitão de cavalaria lançou um olhar ardente para a bela mulher. Temia perder o terreno conquistado e pediu:

— Posso ter alguma esperança de misericórdia?

Karola viu o medo de Steinach e não conseguiu esconder um sorriso. Em leve tom de escárnio, disse:

— Apenas sob uma condição: se o senhor admitir que nenhuma outra razão além da curiosidade o levou hoje a me interpelar, como o senhor mesmo disse.

— Se a senhora chama de curiosidade a admiração e a extrema ansiedade por conhecer uma dama, então me confesso culpado.

— Pode-se admirar o que não se conhece? — perguntou ela com ironia.

— A senhora se engana, baronesa. Eu a vi certa vez à janela, e foi perfeitamente suficiente para admirá-la.

De resto, admito que o rigor com o qual a senhora me baniu também aguçou minha curiosidade.

— Teria sido mais nobre respeitar a vontade de uma dama — disse Karola com severidade.

Steinach enrubesceu. Viu que, de fato, tinha agido de maneira indelicada e sentiu-se envergonhado.

— Senhora baronesa — começou —, como vê, estou constrangido e envergonhado. Arrependo-me sinceramente de minha descortesia e reconheço minha culpa. Perdoe-me.

— Está perdoado — disse Karola, levantando-se e estendendo-lhe a mão. — E para que o senhor veja que também posso ser misericordiosa — acrescentou com um ligeiro sorriso —, permito que me visite mais vezes.

Agradecido, Steinach beijou a mão estendida e, feliz, deixou o salão da bela mulher do castelo.

A natureza autêntica e aberta do capitão de cavalaria, bem como seu temperamento um tanto atrevido, mas atraente, agradou Karola, que logo passou a achar suas curtas visitas muito prazerosas.

Rainau, por sua vez, sempre mordia o lábio quando ela lhe falava da nova amizade. Certa vez, estava sentado com ela quando o capitão de cavalaria entrou. Karola apresentou ambos os senhores, que se cumprimentaram com uma polidez fria e, em um primeiro momento, viram-se como rivais, como inimigos. Steinach não se deixou constranger minimamente por Rainau. Continuou a fazer a corte a Karola com seu jeito alegre e amável, enquanto Rainau passava a maior parte do tempo sentado, interferindo apenas em poucas ocasiões na conversa animada. A essa altura, os rivais encontravam-se com frequência na residência da baronesa, mas a relação de ambos permanecia fria como no primeiro dia.

— Rainau, o senhor não tem sido gentil com Steinach — disse certa vez Karola.

Ele respondeu em tom amuado:

— A senhora pode dizer o mesmo a ele, que não é mais cortês comigo do que sou com ele.

Karola lhe lançou um olhar penetrante.

— A partir de hoje, o senhor o tratará com educação. É o que quero e lhe ordeno — disse ela com rispidez.

Rainau baixou os olhos e não respondeu, mas, quando Steinach chegou, superou seu ressentimento e conversou amigavelmente com ele, como se o outro fosse um velho conhecido. A amabilidade do adversário fez o capitão de cavalaria se comportar com arrogância. Passou a tratar Rainau com superioridade e a fazer piada com ele.

Rainau olhou para Karola, que pareceu não ter percebido nada. Dominou sua ira e permaneceu quieto, como ela havia exigido; não ousava ir contra ela.

A baronesa aceitou as deferências do capitão de cavalaria e não deu atenção ao vizinho. Apenas algumas vezes, quando ele acreditava não estar sendo notado, ela lhe dirigiu um olhar caloroso e leal.

Rainau levantou-se mais cedo e partiu. Em tom de ironia, Steinach lhe desejou boa-noite, enquanto o coração do rapaz sangrava. Ele amava Karola com uma paixão fervorosa e ardente, como se ama apenas uma vez na vida. Não podia ter esperança de ser correspondido, pois ela nunca lhe transmitira nenhum sinal de afeto, mas já lhe parecia uma felicidade poder estar perto dela como amigo. Ficava contente quando podia vê-la e conversar com ela, mas, naquele momento, até mesmo essa modesta felicidade era destruída pelo capitão de cavalaria, que despertava seu ciúme e seu ódio por ter roubado sua tranquilidade. O capitão não duvidou nem por um instante que tiraria a bela senhora do rival e já sonhava com a rara e bem-aventurada felicidade nos braços daquela magnífica mulher. E suas esperanças não eram infundadas, pois Karola realmente parecia preferir a conversa do animado hussardo à do sério Rainau. O rapaz também percebeu isso, mas não teve coragem de se afastar. Amava-a demais, já não conseguia passar nem um dia sequer sem o olhar de seus grandes olhos expressivos. Aquela mulher perspicaz o havia enredado com laços inquebrantáveis; uma vida sem ela lhe parecia inconcebível. Assim, ele sempre retornava ao castelo, apesar dos tormentos que sofria. Quando ela não lhe dava atenção e se mostrava totalmente concentrada na conversa interessante do belo capitão de cavalaria, o coração de Rainau ameaçava despedaçar-se de amargura. Ele sentia vontade de ajoelhar-se a seus pés e implorar não por amor, mas apenas por compaixão pela dor que sentia no peito, porém temia seu riso, seu riso diabolicamente belo, e permanecia em silêncio.

Em certo dia ensolarado, quando chegou ao castelo, informaram-lhe que a baronesa tinha saído com o capitão de cavalaria, mas retornaria em breve. Rainau permaneceu no salão e a esperou em pé, junto à janela. Não demorou muito, e a carruagem de Karola apareceu. Enfurecido, Rainau cerrou os punhos ao ver o odiado rival ajudar a adorada mulher a descer do veículo e, com jovialidade e alegria, subir a escada de braço dado com ela. O mau humor o dominou, e Rainau quis ir embora antes mesmo de Steinach entrar, pois sentia que naquele dia não teria forças para suportar a arrogância do rival. Assim, preferia esquivar-se com cautela de qualquer conflito para não ter de evitar totalmente a casa de Karola. Ao chegar à porta, ela se abriu, e Karola entrou sozinha. O capitão de cavalaria tinha ido para seu quarto para mudar de roupa. Surpresa, a baronesa parou diante do rapaz excepcionalmente pálido e que parecia perturbado:

— Como assim? — perguntou ela, admirada. — Quer ir embora agora que cheguei? O que significa isso? O que deu no senhor?

— Por favor, baronesa, permita que eu me afaste.

Ela lhe dirigiu um olhar aguçado e penetrante, que sempre atravessava sua alma, e ele baixou os olhos.

— Não está sendo sincero comigo, Rainau — afirmou Karola. — Por que não diz logo de uma vez que está aborrecido comigo?

— Baronesa!

— Isso mesmo, o senhor está com ciúme e irritado porque o capitão de cavalaria está me fazendo a corte!

— Se tem conhecimento disso, baronesa, deveria, com maior razão, deixar-me partir.

— Mas não quero deixá-lo partir! — exclamou Karola. — Quero que fique, que não seja mesquinho.

Rainau olhou para ela com espanto.

— Sim, sim, pode fazer essa cara de espanto — continuou ela — e obedeça se quiser que continuemos bons amigos. — Esticou a mão para ele, que a levou aos lábios e permaneceu no recinto. A partir desse momento, sempre foi assim. Quando ele estava prestes a se desesperar de si mesmo, dela e de tudo, ela aparecia com um olhar ou uma palavra que o consolava e tranquilizava. Assim transcorreu o inverno, e a primavera e o verão chegaram. Foi a vez de Steinach entrar em desespero. A princípio, ele tinha achado muito fácil conquistar a bela proprietária da casa, e o único obstáculo — Rainau — lhe parecia superado, mas o capitão não estava conseguindo avançar. Ele via claramente que Karola se sentia à vontade em sua companhia e aceitava sorrindo seu modo leve e agradável de lhe fazer a corte. Entretanto, Steinach começou a sentir pela interessante mulher mais do que havia sentido até então por qualquer outra, muito mais até do que ele próprio se considerava capaz de sentir. A pálida senhora do castelo despertava nele algo que, até o momento, ele ainda não havia conhecido e que, curiosamente, o assustava. Mas Karola tinha um modo peculiar de rejeitar qualquer aproximação sem dizer nenhuma palavra. Havia algo em sua natureza que impunha respeito ao atraente oficial. Com frequência, ela deslizava pelo capitão um olhar tão altivo e frio que o fazia perder toda a coragem.

Karola lidava com seus dois pretendentes com muita liberdade, sinceridade e descontração, como raramente uma mulher ousava fazer. No entanto, sua dignidade, sua inteligência superior e a tranquilidade de seu espírito a cercavam com um muro intransponível, que nem o amor sincero e íntimo de Rainau nem a paixão ardente do capitão de cavalaria conseguiam superar.

Por mais ousado que Steinach tivesse sido no início de seu amor, a essa altura ele perdia com frequência toda esperança de algum dia possuir aquela estranha mulher. Sua beleza viril sempre facilitara sua vitória com as mulheres. Deparar com obstáculos era algo novo e estranho para ele, e no início lhe serviu de estímulo, mas depois, conforme a admiração fugaz se transformou em uma paixão intensa e séria e ele confessou a si mesmo que queria ter Karola por toda a vida, o capitão sentiu medo e perdeu a confiança em si mesmo e em sua sorte. Mesmo sabendo que Rainau não tinha obtido mais do que ele, invejava-o e vigiava com ciúme cada palavra que seu rival trocava com a baronesa. Além disso, tremia de aflição quando às vezes encontrava os dois sozinhos. Todos os dias, queria conversar com Karola, confessar-lhe seu amor, pedir sua mão, mas não encontrava coragem e, muitas vezes, quando tinha a palavra decisiva nos lábios, percebia o escárnio arrogante esboçar-se nos dela e se calava ou falava de coisas sem importância. Esforçava-se tão pouco para esconder o ódio que sentia de Rainau quanto para esconder o amor passional pela baronesa. Rainau indignava-se com essa falta de consideração e começou a tratá-lo com frieza e desdém. Furioso, muitas vezes Steinach levou a mão ao cabo de seu sabre. Nessas ocasiões, seria capaz de matar seu rival, mas Karola sempre lhe dirigia um olhar severo, e ele superava sua ira. Na verdade, apenas o respeito pela proprietária da casa mantinha os dois adversários afastados. Karola observava com máximo interesse o comportamento de ambos os homens. O sofrimento deles parecia proporcionar-lhe um prazer cruel. Como dois animais selvagens presos em uma jaula, rodeavam um ao outro, espreitando o momento propício para se dilacerarem mutuamente, quando o olhar severo de sua domadora — o olhar dela — não impedisse a luta. Quanto mais desrespeitoso, feroz e descortês se tornava Steinach, mais frio, ponderado e tranquilo se mostrava Rainau. Aparentemente, Steinach considerava-se o preferido, o favorecido, e tentava afastar Rainau de todas as maneiras. No entanto, ainda que em seu íntimo Rainau não tivesse nenhuma esperança, ele não liberava o campo para o rival, e Karola, como magnífico prêmio pela luta, permanecia tranquilamente sentada em sua poltrona, brincando com seus longos cachos, como se não fizesse ideia da tempestade que os inimigos armavam nem dos olhares flamejantes que trocavam.

VI.

Certo dia, Rainau estava sentado em seu quarto, remoendo sua amargura, quando lhe anunciaram a presença do capitão de cavalaria. Ele o recebeu com a cortesia gélida com que se recebem visitas não convidadas. O capitão respondeu o cumprimento formal com a mesma frieza.

Por um instante, os dois homens ficaram frente a frente, medindo-se com um ódio patente no olhar.

— O senhor deve imaginar por que vim até aqui — começou Steinach.

— Nem um pouco — respondeu Rainau com a inocência de uma criança.

— Mas deve saber que amo a baronesa, não?

— Nem um pouco — respondeu seu adversário.

Steinach tremia de raiva.

— Pois bem, então vou lhe dizer! — exclamou, nervoso. — Amo a baronesa e ainda hoje vou pedir a mão dela, e espero que ela aceite. Se o senhor tiver alguma delicadeza, a partir de agora deixará de frequentar o castelo.

— Nem um pouco, senhor Steinach, pois tenho a mesma intenção que o senhor — disse Rainau com tranquilidade.

Steinach riu com fúria.

— Pretende pedir a mão da baronesa?! — indagou.

— Sim, pretendo — respondeu Rainau com firmeza —, e creio ter pelo menos tanto direito quanto o senhor.

— Muito bem, então a bala decidirá por nós — disse Steinach com os lábios pálidos.

— Estou à sua disposição — respondeu Rainau, inclinando-se friamente.

No entanto, o capitão de cavalaria ainda não parecia satisfeito e cravou o olhar cintilante no do adversário.

— Um duelo comum não basta — disse —, pois não resolve a questão; um de nós tem de permanecer vivo. O senhor aceita lutar até a morte?

Rainau olhou para ele e, com a mesma tranquilidade que havia mantido até então, disse:

— Amo tanto a baronesa que minha vida sem ela não teria valor, e vê-la casada com outro homem seria igualmente insuportável para mim. Por isso, estou inteiramente de acordo com sua proposta. Como nós dois não podemos tê-la e alguém está sobrando, a bala decidirá quem será.

— Agradeço — disse Steinach. — Combinaremos os detalhes por escrito.

Quando Steinach partiu, Rainau deu um suspiro de alívio.

— Finalmente meu destino será decidido — disse. — Com alegria ponho minha vida em jogo pela mulher amada. Sou levado a acreditar que ela ama Steinach; do contrário, como ele poderia ter se mostrado tão seguro? Pensar nisso me faz odiá-lo até a morte. Se eu o matar, ela ficará furiosa comigo, mas meu infinito amor haverá de convencê-la que não pude fazer diferente. E se ele me matar? Nesse caso, Karola, você poderá ter certeza de que um homem a amou de maneira tão leal, verdadeira e profunda como seu coração nobre e altivo jamais desejou! Steinach tem razão. Um de nós tem de morrer, e pressinto que serei eu a vítima. Pois que assim seja! O que será de minha vida sem ela? Desde que a conheço, desde que ela me permitiu olhar no fundo de sua grande e bela alma, conheço apenas uma felicidade e sou tomado por um único desejo: o de servi-la e ser seu escravo! Ela é tudo, tudo para mim. Com seu olhar mágico, ela transformou todo o meu ser. Um futuro no qual não brilhe o sol de sua natureza não tem valor para mim, é deserto e insípido, um nada.

Com calma, ele ordenou seus papéis, depois escreveu para Steinach, indicando-lhe o local onde se encontrariam no dia seguinte. Entregou a missiva a seu velho e fiel criado, que, após poucas horas, trouxe-lhe a resposta do capitão de cavalaria. O rival declarava concordar com tudo.

VII.

Sem saber de nada, Karola estava sentada em seu jardim quando viu o criado de Rainau chegar. Ela o chamou, pois logo imaginou que ele só poderia estar trazendo alguma notícia de seu senhor. Com espanto, ouviu que a mensagem era para o capitão de cavalaria. Seu espírito perspicaz logo farejou uma desgraça. Sua suspeita foi reforçada quando Steinach se dirigiu até ela. Apesar da ostensiva alegria, o capitão não conseguiu esconder por completo sua íntima inquietação. Além disso, quando anoiteceu e Rainau não deu sinal de vida, ela já não teve nenhuma dúvida de que entre os dois inimigos teria acontecido algo sério. Com uma rápida decisão, chamou o velho mordomo, confiou-lhe sua preocupação e, servindo-se de uma pequena tarefa como pretexto, enviou-o à propriedade de Rainau para obter informações. O homem só retornou tarde da noite, trazendo à mulher que aguardava com impaciência apenas uma notícia insuficiente. Pelo camareiro de Rainau, ele descobrira que Steinach estivera na propriedade e que os dois senhores haviam tido uma intensa conversa, mas não sabia sobre qual assunto. Mais tarde, o camareiro vira revólveres no quarto do patrão, que passara o dia escrevendo e ordenara que lhe preparassem um cavalo para a manhã seguinte, às sete horas.

Isso foi tudo o que conseguiu descobrir. Karola agradeceu ao velho homem e o dispensou. Com passos firmes, andou de um lado a outro do quarto. Certamente haveria um duelo, mas onde? E como? Ela precisava descobrir!

Passou a noite em claro. Às seis da manhã, levantou-se, vestiu seu traje preto e vaporoso de cavalgada e postou-se à espreita junto à janela.

Pouco antes das sete, Steinach partiu a cavalo, lançando um olhar peculiar para trás. Karola foi tomada por uma inquietação febril. Foi de um cômodo a outro e, de repente, viu o velho criado de Rainau correr pelo pátio com expressão transtornada.

Mandou chamá-lo no mesmo instante, pois tinha esperança de obter alguma notícia por intermédio dele. O fiel criado foi até ela, em busca de conselho.

Angustiado, o homem contou que seu patrão devia estar planejando algo terrível, pois, após ter passado a noite inteira no quarto, com as velas acesas, saíra a cavalo com uma expressão tão estranha que ele logo teve um mau pressentimento. Mas o que mais o assustou foram os revólveres que sobressaíam no bolso do casaco de Rainau. O criado não conseguiu se conter e seguiu o patrão por um trecho do percurso até o medo fazê-lo precipitar-se ao castelo, a fim de buscar ajuda com a senhora.

— Em que direção foi seu patrão? — perguntou Karola em um tom que demonstrava que ela já havia tomado uma decisão.

— Cavalgou até Dornberg. Lá, amarrou o cavalo em uma árvore e caminhou até a floresta.

Karola já havia mandado selar seu cavalo e rapidamente o montou. Em uma cavalgada desenfreada, tomou a direção indicada pelo criado. No ponto designado, encontrou o cavalo de Rainau. Apeou e amarrou seu animal na mesma árvore; depois, caminhou a passos rápidos rumo à floresta.

Nesse meio-tempo, os rivais já haviam se encontrado. Rainau escolhera como ponto de encontro justamente o local em que vira Karola pela primeira vez. Steinach havia chegado antes e aguardava seu inimigo com impaciência.

— Ah, meu senhor, que demora! — exclamou com irritação quando o outro foi a seu encontro com passos tranquilos.

— Tem tanta pressa assim de acabar comigo? — perguntou Rainau com um escárnio frio. — Eu o aconselharia a ter mais calma para poder atirar melhor.

A frieza do rival irritou ainda mais Steinach, que teve de se esforçar para manter a compostura.

Eles haviam combinado que cada um levaria no bolso do casaco uma carta em que confessava ter recorrido ao suicídio, de modo que quem sobrevivesse não enfrentaria nenhum conflito com a justiça. Com precipitação, Steinach desabotoou o casaco e o lançou ao longe. Rainau fez o mesmo, mas com calma indiferente.

Os adversários já estavam frente a frente, com a mão erguida apontando o revólver um para o peito do outro, quando os galhos se afastaram com violência e, como outrora, diante do olhar assustado de Rainau surgiu a mulher diabolicamente bela, cujos olhos faiscavam com ira feroz em sua direção.

— Ah, os senhores querem duelar! — exclamou ela com escárnio mordaz. — E sem me prevenir. Isso não foi nada gentil! Os senhores hão de convir que eu, como proprietária deste terreno, tenho o direito de perguntar o que significa esta comédia.

Os dois homens ficaram tão surpresos com o aparecimento repentino de Karola que, por um momento, perderam a fala diante da pálida mulher.

Rainau foi o primeiro a se recompor e, com voz profundamente comovida, disse:

— Não é nenhuma comédia, baronesa, mas uma circunstância séria e triste. Ambos a amamos, eu e Steinach, mas não podemos tê-la. Portanto, será a bala a decidir quem será o felizardo.

Uma ironia amarga se esboçou nos lábios da mulher altiva. Com frio desdém, ela indagou:

— E acham que vou escolher quem a bala poupar? Acham que deixarei que brinquem comigo desse modo tão ultrajante? Serei de quem amo, e amo um dos senhores. O outro terá de se conformar e partir!

— Não! — gritou Steinach com obstinação. — Demos nossa palavra de que não renunciaríamos voluntariamente e vamos mantê-la. Nenhum de nós poderia suportar saber que a senhora pertence a outro homem; um já é demais!

— Pois bem! — exclamou Karola, e seus olhos cintilaram em brasa escura. — Se alguém tem de morrer, que seja o que rejeito. Não será o acaso, mas eu a decidir. Estão satisfeitos?

Os dois homens se olharam com constrangimento; não esperavam por esse desfecho. O coração corajoso de Steinach foi tomado por uma espécie de temor quando ela lhe dirigiu seu olhar flamejante; mesmo assim, ele disse:

— Que seja. A senhora decide!

— E o senhor, Rainau? — perguntou o belo demônio, dirigindo-lhe um olhar que fez seu coração estremecer.

Nesse momento, ele sentiu que ela amava o outro e que estava fadado a morrer. Como antes, quando ela ameaçara condená-lo à morte por causa de uma caça abatida, a mesma sede de sangue faiscava em seus olhos. Sim, aquela mulher era capaz de matá-lo e de correr impiedosamente para os braços do outro, passando com crueldade fria e tranquila por cima de seu cadáver. Rainau foi tomado pelo terror, porém sentiu que estava à mercê dela, que sua vida estava nas mãos dela, e com uma espécie de volúpia dolorosa entregou-se a esse terror.

— Se a senhora é capaz de tamanha crueldade — disse ele, resignado —, estou pronto. Leio minha condenação à morte em seus olhos, mas prefiro morrer por ordem sua a viver sem a senhora!

— Cruel? — perguntou Karola. — Quem está sendo cruel aqui? Eu ou os senhores? Queriam me obrigar a pertencer, contra minha vontade, a quem sobrevivesse. Sem perguntarem o que deseja meu coração, arrogam-se o direito de decidir sobre meu futuro e minha felicidade. Queriam fazer de mim uma escrava de sua vontade! Sou cruel porque quero preservar o homem que amo? Se ajo assim é apenas por culpa de sua obstinação. Deem-me os revólveres.

Disparou as duas armas para o alto, depois declarou:

— Vou carregar um deles e dá-lo a quem amo. Entregarei o revólver descarregado ao que terá de morrer.

Pegou as armas e se afastou floresta adentro. Voltou após alguns minutos e entregou uma arma a cada um.

Os dois homens estavam extremamente agitados. A incerteza de seu destino refletia-se em seus traços pálidos e nos olhos que tremulavam de inquietação. A obstinação arrogante, exibida por Steinach pouco antes, havia desaparecido. Somente nesse momento ele pareceu sentir que sua vida estava em jogo. O semblante de Rainau havia perdido a cor; um pressentimento sombrio lhe dizia que, no próximo instante, estaria sangrando aos pés de Karola. Foi tomado por uma profunda dor. Com ar melancólico e sem esperança, olhou mais uma vez para a amada, encostada com expressão tranquila e marmórea em um velho carvalho, e cujos olhos grandes e ardentes assistiam com cruel interesse à batalha interna de suas vítimas.

— Comece a contar, baronesa — disse Steinach. — No "três", atiraremos.

— Ainda não — respondeu Karola lentamente. — Peço mais uma vez que desistam dessa brincadeira nefasta e insana e se submetam pacificamente e sem ódio à minha escolha.

— Não quero! — exclamou Steinach com impaciência.

— E eu não quero deixar que destruam pela segunda vez a felicidade de minha vida — disse a bela e enérgica mulher com indignação altiva.

— Acabe logo com isso! — pediu o capitão de cavalaria, pisando com força.

Rainau parecia não ter ouvido as palavras dela e olhava para a frente, triste e desconsolado.

— Se é o que querem, pois bem, atenção!

Ela estava em pé e aprumada junto à arvore, com o olhar atento, voltado para a boca dos revólveres. Com voz clara e segura, contou:

— Um... dois... três!

Um tiro. Steinach caiu morto a seus pés; a bala do adversário tinha atingido seu coração.

Rainau lançou o revólver longe e se atirou aos pés de Karola, abraçando seus joelhos.

— Sou quem você ama, mulher bela e cruel! — exclamou. — Esperei a morte, e você me deu a vida. Como posso lhe agradecer?

Ela se curvou até ele, pegou sua cabeça com as mãos e, olhando no fundo de seus olhos, disse com seriedade profunda e sagrada:

— Com seu amor!

— Ah, mas já a amo tanto, Karola! — respondeu com paixão. Meu amor é tão indescritível que preferia morrer a viver sem você. A partir de agora, minha existência pertence a você. Faça comigo o que quiser!

— Meu esposo...

— Seu escravo, que lhe servirá com leal devoção, como um servo, e ficará feliz quando sua bela senhora lhe sorrir com benevolência.

— Pois que assim seja — disse Karola, beijando sua testa. — Agora me acompanhe até o castelo, meu escravo. Creio que hoje não precisarei conduzi-lo amarrado, não é mesmo?

— Por certo que não. Você me atou com laços invisíveis, mas que não poderão ser rompidos por toda a vida. Sigo-a aonde me conduzir, como cabe a um escravo.

— Então venha — disse, pegando o braço dele.

— E ele, o desafortunado? — perguntou Rainau olhando para o morto. — Não tem compaixão por ele?

— Não — respondeu ela friamente —, ele quis assim. Era um tolo presunçoso e deslumbrado, que em sua arrogância insensata quis matar você e ferir meu coração pela segunda vez. Além disso, era estúpido o suficiente para acreditar que eu lhe pertenceria simplesmente se tirasse seu rival do caminho. Odeio esses homens ignóbeis e egocêntricos que seguem apenas sua paixão cega, sem respeitar a felicidade e a vontade da mulher, e não desprezam o uso de força bruta para conquistá-la.

— Mas ele a amava, Karola — disse Rainau.

Mais uma vez, seus lábios esboçaram a velha e amarga ironia quando ela disse:

— Sim, ele me amava, como o sultão ama suas odaliscas e quer desfrutar de seu encanto. Ah, eu bem conheço esse amor no qual a mulher não passa de uma taça dourada, da qual o homem bebe suas alegrias até seus lábios se cansarem e ele se sentir satisfeito. Não, não; quero ser amada do modo como você me ama, Rainau. Quero ser a senhora que concede sua graça, e o contemplado tem de recebê-la com toda a gratidão de seu coração, como um agradável presente do céu; pois, quando a mulher é amada, ela é a senhora, a rainha que, com um sorriso, embala o homem prostrado a seus pés em um mar de bem-aventurança e, se lhe dá as costas com desdém, pode levá-lo à loucura e ao desespero.

De cabeça erguida, a altiva mulher caminhou ao lado do morto. A cauda de seu vestido roçou os cabelos dele, e seu pé pisou no sangue ainda quente e fumegante. Ela parecia não perceber, mas seu próprio semblante estava novamente pálido, frio e tranquilo como antes.

Rainau a seguiu.

Olhou com tristeza para o cadáver e com timidez para a amada. Quase *temeu* a felicidade que o esperava. Tinha medo da mulher que ele amava com todo o ardor de sua alma, que venerava e à qual estava entregue para sempre, como a um demônio.

JUNTO À FOGUEIRA

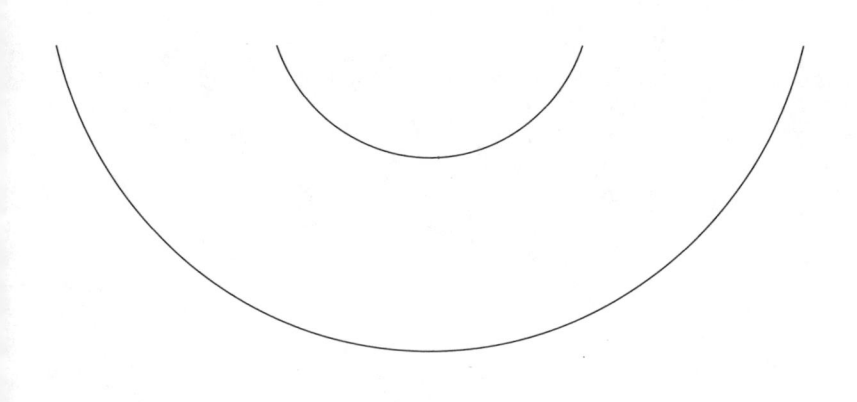

84

FOI NA NOITE ANTERIOR A UMA BATALHA, DURANTE A CAMPANHA — TÃO SANGRENTA QUANTO HEROICA — NA QUAL O GENERAL BEM[1] EXPULSOU OS RUSSOS DA TRANSILVÂNIA. ASSIM COMO A ÚLTIMA HORA

---

1 Józef Zachariasz Bem (1794-1850): general polonês cujos feitos na Transilvânia o transformaram em herói da Revolução Húngara de 1848-9.

antes da morte torna as pessoas loquazes, aquela antes da batalha não foi diferente. Oficiais húngaros e poloneses haviam se deitado sobre seus capotes junto a uma fogueira. Passavam a aguardente de mão em mão, e cada um contava, de maneira mais ou menos pormenorizada, sua própria história ou um fato importante de sua vida. Apenas um oficial se mostrou calado e indiferente. Era Pan Vistezki, capitão de cavalaria dos lanceiros poloneses. Estava sentado, introspectivo, apartado dos outros, e seus olhos azuis fitavam com expressão quase fantasmagórica as chamas avermelhadas que tremulavam, lambendo os enormes pedaços de madeira na fogueira.

— E então, Camil — começou um de seus compatriotas —, não tem nada para contar? Imagino que, de todos nós, você seja o que mais tem a dizer, e sua história deve ser a mais interessante.

— Talvez sim, mas talvez também não.

— Conte, vamos! Deixe a decisão por nossa conta!

— Isso mesmo, conte! — exclamaram os húngaros.

— Mas minha história não é divertida nem alegre — disse Vistezki. — Além do mais, é uma daquelas para guardar dentro de si.

— Logo vi que que você carrega um segredo triste — disse o outro polonês. — Mas vai querer levá-lo com você para o túmulo? Quem pode dizer qual de nós amanhã será poupado pelas balas russas?

— Você tem razão.

— Então conte!

— Sim, conte.

— Tudo bem.

Vistezki jogou fora o cigarro, aproximou-se da fogueira e começou:

— Não faz muito tempo que me casei.

— O senhor é casado?

— Por favor, não me interrompa; do contrário, perco o fio da meada. Não sou um bom contador de histórias.

— E então?

— Minha esposa, Vilka — vou chamá-la apenas por seu nome de batismo —, era uma criança quando a levei para o altar. Dizem que é atraente e encantadora, já enalteceram sua inteligência, seu coração, e um jovem poeta a exaltou em um poema. Não sei se é bela. Eu a amava tanto que não enxergava nada nem conseguia tecer nenhum julgamento. Dois anos se passaram sem que Deus nos concedesse a graça de um filho; assim, unimo-nos ainda mais um ao outro e consagramos nossas preocupações e toda a nossa força à pátria, que na época se aventurava em uma nova tentativa de reconquistar a liberdade e a autonomia perdidas. Tanto um polonês quanto um húngaro sabem muito bem o que é ser um bom patriota e não hesitam nem por um instante em consagrar e sacrificar tudo o que possuem e até a própria vida à amada terra que os deu à luz.

"Participamos ativamente da conspiração e dos preparativos para a revolução de 1846. Os emissários da centralização, como era chamado na época o governo nacional polonês em Paris, entravam e saíam de nossa casa. Tínhamos escondido armas e munições em nosso solar, e minha mulher desfiava o linho para fazer ataduras e fabricava cartuchos.

"Estávamos perto daquele malfadado fevereiro de 1846, quando a nobreza da Galícia desfraldou a bandeira polonesa em todo o país ao mesmo tempo, mas não conseguiu entusiasmar o povo a fazer o mesmo, e os camponeses poloneses voltaram suas foices e seus manguais contra nós e puseram em cena uma nova guerra servil, conduzida por Jakob Szrla, o Espártaco da Galícia. Com suas famílias e serviçais, milhares de nobres foram mortos por eles, e um bom número de solares foi incendiado. A parte oriental do país foi poupada dessas atrocidades, bandos de insurgentes que se haviam formado ali foram dispersados pelos camponeses ou pelos soldados, mas não houve nenhum assassinato por parte da população rural. Meu solar e minha esposa foram poupados, mas eu havia participado das batalhas em Naraiev e precisei fugir; do contrário, poderia contar com um passeio à prisão de Spielberg.

"Consegui escapar pelos Cárpatos, rumo à Hungria, e me escondi na casa de um amigo em Szigeth. Um ano se passou. Minha esposa, que durante esse período administrou nossa propriedade, escrevia-me cartas afetuosas. Dia após dia aumentava meu anseio por revê-la, nem que fosse por poucas horas, e beijar seus lábios, nem que fosse uma única vez.

"Era março de 1847 quando me disfarcei de judeu polonês e retornei à Galícia em uma carroça de judeus.

"Eu queria fazer uma surpresa à minha esposa, que nada sabia do meu retorno. Um amigo taberneiro, fiel a mim e à minha família, recebeu-me e escondeu-me em um quartinho nos fundos de seu estabelecimento, que ficava a apenas cerca de duas horas de minha propriedade. Esperei que anoitecesse, montei em um cavalo e cavalguei por estradas secundárias. Quando finalmente avistei, sob a luz incerta e pálida da lua crescente e das estrelas, os velhos e conhecidos choupos, o telhado de casa com o grande ninho de cegonha, o poço com o longo braço de alavanca, que mais parecia um fantasma no meio da estepe, meu coração disparou e lágrimas começaram a escorrer de meus olhos. Precisei de algum tempo para me recompor. Então apeei, amarrei o cavalo a um salgueiro e atravessei o pátio de minha pequena casa térrea sem fazer barulho. Os dois cães pastores, grandes e brancos, avançaram em minha direção, latindo furiosamente, mas logo me reconheceram e começaram a choramingar de alegria, saltando em mim e lambendo minhas mãos.

"No corredor, encontrei o velho Stephan, que vinha em sentido contrário, todo despenteado, protegendo a vela com a mão contra a corrente de ar. Ao me ver, ele deu um grito e se jogou a meus pés. Abracei-o e o ergui.

"'Minha esposa está em casa?', perguntei-lhe em voz baixa.

"'Certamente', respondeu o velho criado com surpresa. 'Onde mais ela poderia estar?'

"'Está dormindo?'

"'Como não estaria? Já é quase meia-noite.'

"'Tranque o portão, meu velho, e vá descansar', respondi.

"'Como queira, senhor.'

"'Acha que estarei seguro aqui por algumas horas?', perguntei. Sentia-me tomado por certa inquietação, como por um mau pressentimento.

"O velho coçou a cabeça.

"'Depende', respondeu. 'Há soldados aquartelados aqui.'

"'Em casa?'

"'Em casa, o capitão de cavalaria; na aldeia, parte de seu esquadrão.'

"'Hussardos?'

"'Não, suábios, couraceiros.'

"'Então permaneça acordado', ordenei, 'e me avise se notar algo suspeito.'

"'Fique tranquilo, senhor', respondeu meu fiel criado, 'podem até fazer picadinho de mim, mas ninguém tocará em um fio de cabelo seu.'

"'O alemão está na casa?', perguntei.

"'Não, na edícula, e seu criado está no estábulo, junto com os cavalos.'

"Stephan se afastou, e entrei no quarto de minha esposa sem fazer barulho. Aproximei-me da pezeira da cama de dossel, com a intenção de despertar Vilka com um beijo, mas encontrei o leito vazio. Fui tomado por um susto repentino. Mal consegui me manter em pé. Depois de me recompor um pouco, fui até a janela e fechei as cortinas escuras. A janela estava aberta, apenas um pouco encostada. Começava a clarear. Com que objetivo Vilka teria saído do quarto pela janela? A janela dava para o jardim. E se ela...? Não ousei concluir meu pensamento.

"A essa altura, o quarto já estava um pouco iluminado pela lua crescente. Puxei meu revólver, certifiquei-me de que estava carregado e me escondi atrás do pesado cortinado da cama. Não sei por quanto tempo permaneci ali; a mim pareceu uma eternidade.

"Finalmente ouvi um leve ruído na janela. Bela como um elfo dos Cárpatos, Vilka entrou no quarto. Usava um longo casaco de pele e pantufas. Seus longos cabelos louros estavam soltos sobre os ombros. Quando saí do esconderijo, ela teve um sobressalto.

"'Quem está aí?', perguntou com voz vibrante.

"'Sou eu, Vilka.'

"'Você?', murmurou, apertando o parapeito para não ir ao chão.

"'Não vai correr para os meus braços?', perguntei com ironia. 'Pensei que fosse lhe fazer uma agradável surpresa.'

"'De fato, você me surpreendeu', disse ela.

"'Estou vendo.'

"'Camil, meu Camil!', exclamou de repente e me abraçou com afeto.

"'Sem encenações!'

"'Está duvidando do meu amor?', perguntou ela. Seu corpo inteiro tremia.

"'Onde você estava?', comecei a interrogá-la e, como ela permaneceu em silêncio, continuei: 'Preciso lhe dizer?'

"'Não, não.'

"'Então não nega que é culpada?'

"'Perdoe-me, meu amor, tenha piedade de mim!', gritou ela, jogando-se a meus pés.

"'Não, Vilka, não posso perdoá-la', respondi. 'Talvez até pudesse perdoar sua traição a mim, pois a amo perdidamente, mas jamais, jamais poderei perdoar sua traição à pátria. Não sente a desonra que causou a si mesma e a mim ao sacrificar seu marido ao inimigo de nosso país? Não, mulher, isso não posso perdoar, isso você terá de pagar, e agora mesmo.'

"Puxei o revólver e armei o gatilho.

"'Pelo amor de Deus!', balbuciou Vilka. 'Você vai me matar? Enlouqueceu?'

"'Não, estou perfeitamente lúcido!'

"'Não, você não vai me matar, vai me perdoar', murmurou.

"'Claro que vou matá-la!', respondi. 'Reze e peça perdão a Deus.'

"'Tenha piedade, Camil, tenha piedade!'

"'Reze!'

"Nesse momento, o velho Stephan entrou no quarto, com a vela na mão. Minha esposa se levantou, e eu escondi o revólver.

"'Não façam barulho', disse o fiel criado. 'Se os suábios acordarem, estaremos perdidos!'

"'Obrigado', agradeci. 'A partir de agora, farei silêncio, mas me deixe sozinho com minha esposa.'

"No exato instante em que Stephan se virou para partir, minha esposa tomou uma rápida decisão e se precipitou até ele, apagou a vela e, aproveitando a repentina escuridão do quarto, saltou pela janela. Antes que eu pudesse compreender o que havia acontecido, ouvi o rumor dos cascos de um cavalo, e minha mulher tinha desaparecido. Como fiquei sabendo mais tarde, tal como estava, ela havia montado em um cavalo sem sela e partido em disparada. Não voltou. Depois daquele dia, ninguém mais a viu nem teve notícias dela.

"Em seguida, fui até a edícula onde estava alojado o capitão de cavalaria, que era um barão alemão. Stephan seguiu à minha frente, segurando um lampião.

"O alemão ficou um pouco surpreso quando o despertaram e enrubesceu quando eu lhe disse meu nome. Logo entendeu do que se tratava. Assim, trocamos poucas palavras.

"Vestiu o uniforme e fomos para o jardim. O velho e honrado Stephan serviu como testemunha.

"Posicionamo-nos a apenas dez passos de distância um do outro.

"Stephan deu o sinal, e dois tiros foram disparados. O alemão caiu no chão.

"Morreu na hora. Sem muito refletir, pulei a cerca do jardim, montei no cavalo e parti a galope. A noite favoreceu minha fuga. Felizmente, escapei mais uma vez pela fronteira rumo à Hungria.

"Em março de 1848, com a promulgação da anistia geral, voltei à pátria. Minha propriedade, que nesse meio-tempo havia ficado a cargo de Stephan, estava bastante malcuidada. O paradeiro de minha esposa continuava desconhecido.

"Por mais que sua dupla traição, a mim e à pátria, tenha ferido meu coração, o amor por ela me dominava por completo e até se intensificava em uma espécie de paixão, de dor lancinante na alma. Eu não conseguia trabalhar em paz. Após meses tentando em vão administrar minha propriedade e encontrar consolo e cura em uma atividade ordenada, comecei a procurá-la em todos os lugares e, ao mesmo tempo, lancei-me novamente nos braços da revolução. Em meio à tempestade, sentia-me livre e bem. Lutei nas barricadas de Dresden e Praga; depois, em outubro, nas de Viena e, como muitos de meus conterrâneos, fui para a Hungria.

"Até hoje amo minha esposa, amo-a perdidamente, e apenas a morte me trará salvação."

Vistezki se calou, e todos os outros se calaram também.

O dia raiou. O pequeno exército de Bem posicionou-se em ordem de batalha. Os russos aceitaram a luta e prepararam suas massas. O general russo foi visto percorrendo as infinitas fileiras em um cavalo branco e falando às suas tropas. Nesse momento, despertou em Bem o velho artilheiro de Ostrolenka. Ele próprio apontou um canhão contra o comandante inimigo e atirou. Do lado dos húngaros, deu para ver muito bem o efeito do tiro. O general russo caiu no chão com seu cavalo e foi levado em uma padiola feita de armas. Outro general assumiu o comando.

A batalha começou. Ambas as partes lutaram com bravura e obstinação. Não obstante, ao anoitecer os russos foram completamente derrotados e, às pressas, começaram a bater em retirada.

No meio da noite, quando Vistezki retornava com seus lanceiros da perseguição ao inimigo, ouviu um ligeiro gemido perto de um canhão russo, tomado pela legião polonesa. Apeou do cavalo e se aproximou do ferido com a intenção de ajudá-lo. Era um oficial russo, que lutava contra a morte e lhe agradeceu a ajuda ofertada com um sorriso doloroso.

— Foi um polonês, quase uma criança, que enfiou a baioneta em meu peito — murmurou. — Ele me acertou em cheio. Mesmo assim, agora lamento tê-lo matado. Ele está ali.

Curvado sobre o morto, iluminado pela lua de modo fantasmagórico, Vistezki deu um grito e caiu sobre ele. Era sua esposa, que ali, no campo da honra, havia caído pela pátria e pela liberdade e expiado seu erro como uma autêntica polonesa.

O FANTASMA DE VRANOV

94

LAZAR VYSOKI ERA O CAMPONÊS MAIS RICO DE VRANOV, E TERIA SIDO AINDA MAIS RICO SE SUA ESPOSA, MARFA, NÃO AMASSE TANTO OS BELOS TRAJES E TEMESSE TANTO O TRABALHO. QUASE TODOS OS MESES, IA DUAS VEZES A DUKLA, uma cidadezinha nas proximidades, de onde sempre voltava carregada de fitas, rendas e lenços de seda coloridos. Lazar era apaixonado por ela e ficava satisfeito ao ver que sua esposa despertava a inveja dos vizinhos. Como não tinham filhos, de que serviria economizar?

Marfa não era exatamente bonita, mas tinha uma boa constituição física e se movia com a leveza e a graça de um gato. Entre as largas maçãs do rosto, seus olhos fundos, pequenos e cinzentos irradiavam leviandade, insensibilidade e sensualidade. Suas tranças louro-acobreadas eram pesadas demais para a pequena cabeça e a faziam pender um pouco para trás, o que, em combinação com o nariz achatado e os lábios sensualmente protuberantes, conferia-lhe um aspecto quase atrevido. Os seios fartos estavam sempre cobertos por várias fileiras de ducados cintilantes, enquanto o pescoço e os braços eram adornados por corais vermelhos.

Alguns anos depois de se casar com Marfa, filha de um pobre lavrador por jornada, Lazar Vysoki sofreu o infortúnio de cair da árvore na qual queria colher cerejas para a jovem esposa. Desde esse incidente, ele se sentia um tanto perdido e não queria mais sair do lado da mulher, que, no entanto, parecia mais incomodada do que feliz com esse apego. Marfa ia com frequência cada vez maior a Dukla, onde permanecia por vários dias. As más línguas da aldeia afirmavam ter visto Marfa várias vezes na estrada entre Vranov e Dukla na companhia de um oficial hussardo do Estado. O boato chegou aos ouvidos de Lazar, que se atreveu a criticar a esposa, mas Marfa apenas riu dele e lhe provou com riqueza de detalhes que o oficial Abdon era seu primo. Ela o havia encontrado por acaso em Dukla, e ele lhe prometera visitá-la em breve, como convém a um parente. Lazar ficou envergonhado e, para se reconciliar com a esposa, pediu-lhe que já no dia seguinte fosse à cidade e trouxesse o querido primo, e ela era bondosa o bastante para fazer a vontade dele.

Abdon passou a visitá-los toda semana em Vranov, e Marfa já não achava necessário ir tantas vezes à cidade: o belo hussardo, gentil como era, trazia-lhe tudo de que ela precisava para se vestir bem.

Chegou o inverno, e o Natal se aproximava. A neve se acumulava na estrada e nos campos. Extremamente preocupada, Marfa pediu a Abdon que nunca cavalgasse até Vranov sem sua carabina, pois lobos e até mesmo ursos costumavam aparecer com aquele frio, e ele lhe obedeceu.

Na época do Natal, os rapazes e as moças da aldeia na Galícia fazem toda sorte de brincadeiras. Como os judeus no Purim, eles se fantasiam e vão às casas, onde dão livre curso à sua maldade e às suas brincadeiras muitas vezes de mau gosto.

Marfa fez questão de que, dessa vez, Lazar também se fantasiasse e até lhe sugeriu que usasse uma pele de urso para assustar seus convidados. Ele não gostou muito da ideia; preferia ficar em casa, na sala aquecida, sentado à mesa servida com bolo e vinho, a se arrastar pela neve e pelo gelo, metido em uma desconfortável pele de urso. Mas a mulher foi tão hábil em adulá-lo e fazer seu pedido que o homem apaixonado e fraco acabou cedendo e, mesmo suspirando, aceitou fazer o papel de urso.

Com espantosa rapidez, Marfa conseguiu uma pele de urso. Usando de destreza, afastou os serviçais e, cuidadosamente, a portas fechadas, costurou a pele de urso sobre o pobre homem. Em seguida, empurrou-o para dentro de um pequeno aposento com saída para a estrada. Ele deveria esperar ali até o anoitecer.

Nunca as pessoas se divertiram tanto na casa dos Vysoki como daquela vez. O vinho fluía aos borbotões. Ricamente adornada, vestindo uma pele de cordeiro com bordados coloridos, o peito coberto de corais, as faces rubras e os olhos cintilantes, Marfa estava sentada entre os convidados e mandava trazer mais barris. Obviamente, Abdon também estava presente, e era com ele que a mulher presunçosa mais brindava. Quando o barulho e as gargalhadas atingiram o auge, Marfa ausentou-se por um momento da sala. Ninguém percebeu sua saída nem quando ela retornou. Logo em seguida, ouviu-se uma forte batida na veneziana.

Marfa levantou-se de um salto e a abriu com força, sendo seguida pelos outros. Mal terminou de fazê-lo, deu um grito terrível e recuou na sala.

— Um urso! — gritou. — Um urso!

Antes que Abdon pudesse arrancar a carabina da parede, Marfa já estava a seu lado, colocando a arma em sua mão. Um tiro foi disparado, e logo em seguida ouviu-se um gemido humano. Os presentes olharam-se com horror. Abdon saiu correndo pela porta e examinou o animal abatido.

— Meu Deus! — gritou ele. — Ajudem! É uma pessoa!

Todos saíram às pressas. Rapidamente, rasgaram a pele de urso e depararam com o cadáver de Lazar Vysoki, todo ensanguentado. Os camponeses tiraram os chapéus, ajoelharam-se e oraram. Em prantos, Marfa jogou-se sobre o morto e gesticulou como uma louca.

Abdon apoiou-se no muro e olhou com horror para a mulher, que prontamente colocara a carabina em suas mãos. Em seguida, foi até o estábulo, pegou o cavalo e saiu para o pátio. Apesar da dor, Marfa ouviu o trote do cavalo, levantou-se de um salto e chamou por ele, mas Abdon não olhou mais para trás.

Levaram o morto para a sala. Os convidados se afastaram; apenas um velho camponês permaneceu e prometeu velar pelo acidentado. Quando Marfa se viu sozinha, enxugou as lágrimas, jogou-se na cama e pensou em Abdon, que partira sem dizer palavra.

Dois dias depois, Lazar Vysoki foi enterrado. Junto ao túmulo, a viúva esforçou-se para romper novamente em lágrimas, mas, dessa vez, não conseguiu. Em vão, olhou para os enlutados, mas Abdon não estava entre eles. Com violência arrebentou seu rosário, e as pérolas caíram no túmulo, batendo na tampa do caixão. Quando o sacerdote terminou sua oração, a multidão se dispersou. Ninguém se uniu a Marfa, que voltou sozinha para casa, com o lenço diante do rosto para encobrir seu constrangimento e sua ira.

Semanas se passaram, e Abdon não apareceu mais em Vranov. Ela lhe enviou mensagens, mas o rapaz sempre mandava dizer que não havia recebido nem um dia de dispensa de seus superiores. Então, certo dia, a viúva mandou trazer um cavalo e foi pessoalmente a Dukla.

Ao chegar a uma pequena estalagem, à qual costumava ir com o oficial, apeou e mandou chamar Abdon. Ali, os pretextos dele de nada valeriam, e, após algumas horas de espera, ele apareceu.

Tenso, com a mão no gorro, permaneceu parado à porta, como se estivesse diante de seu coronel.

— O que quer? — perguntou.

— Venha cá — pediu ela em tom envolvente — e sente-se ao meu lado.

Com certo pudor, Abdon se sentou, tentando manter-se o mais longe possível dela.

— Por que não veio mais a Vranov, querido? — quis saber Marfa.

— Eu lhe trago má sorte — respondeu ele, esquivando-se.

— Você me trouxe sorte — disse ela, e seus olhos cinzentos o fitavam de maneira penetrante. — Agora podemos nos casar.

Abdon baixou o olhar e, enquanto a viúva enumerava suas riquezas, seus terrenos, seus cavalos, suas vacas e ovelhas, ele a ouvia em silêncio, sem nunca levantar o olhar.

— Deixe o serviço — disse ela. — Venha para Vranov, e nos casamos.

Ele suspirou e prometeu que iria.

Embora Marfa não estivesse totalmente satisfeita com o comportamento de Abdon, no dia seguinte voltou cavalgando para a aldeia, mais feliz do que tinha ido.

Algumas semanas se passaram e, embora Abdon ainda não tivesse aparecido, Marfa já tomava todas as providências para o casamento. Ele lhe escrevera dizendo que estava muito ocupado com as incumbências referentes à união de ambos. O dia marcado chegou. Ricamente adornada, a noiva aguardava o noivo em meio aos convidados. As horas se passaram, e Abdon não apareceu. Marfa foi empalidecendo cada vez mais, e os convidados começaram a se inquietar. Alguns até foram embora. Logo escureceu e, sem ninguém perceber, a viúva foi ao estábulo, montou em um cavalo e se dirigiu a Dukla. Queria buscar Abdon pessoalmente. Tinha de levar o noivo a Vranov, vivo ou morto.

Mas Abdon também não estava em Dukla. Fazia alguns dias que, após ter sido dispensado do serviço militar, havia voltado para sua terra. Marfa voltou para casa ao amanhecer. Ninguém a vira partir nem voltar. O bolo de casamento e o assado, já frio, ainda estavam sobre a mesa. Os serviçais dormiam, e os convidados tinham ido embora havia muito tempo. Com um único gesto enérgico, ela jogou todo o banquete no chão, fazendo os copos e pratos tilintarem pelos ares. Destruiu todos os objetos frágeis que encontrou pelo cômodo; depois, sentou-se esgotada na cama e começou a soluçar. Doía menos o fato de ter sido abandonada por Abdon do que o de ele ter escapado de sua vingança. Ela nem sabia onde ficava a terra dele.

Para mostrar às pessoas que estava indiferente à situação, no dia seguinte convidou metade da aldeia, chamou músicos e serviu a todos o que tinha de melhor. Vestiu seu mais belo traje e, ao dançar, girava como a mais atrevida e extravagante de todos.

A partir daquele momento, Marfa passou a viver apenas para o prazer. Arrendara sua propriedade rural; afinal de contas, nunca tivera vontade de trabalhar e, naquele momento, menos ainda. A rica viúva ainda tinha muitos pretendentes, mas já não queria se prender a ninguém; estava muito satisfeita com sua vida sem rédeas. Os mais belos rapazes da aldeia entravam e saíam de sua casa. A amabilidade de Marfa e uma mesa sempre farta os atraíam até sua casa.

Era época de colheita quando o ajudante de cozinha contou que, ao voltar tarde da noite para casa, vindo da taberna, viu o espírito de Lazar Vysoki rodeando a casa da viúva. O boato se espalhou rapidamente por toda a aldeia, a estranha morte de Vysoki voltou a ser assunto das conversas, e não faltaram comentários mordazes sobre Marfa e o oficial desaparecido. O falatório das pessoas, que chegou aos ouvidos da viúva, irritou-a bastante. Ela decidiu se vingar e, por sua vez, contou que um e outro que já haviam morrido muito tempo antes também eram vistos à noite; assim, deixou toda a aldeia inquieta.

A fim de convencer as pessoas da verdade de suas palavras, decidiu fantasiar-se de fantasma para assustá-las. Mandou fazer duas pernas de pau, para parecer bem alta e magra, costurou dois lençóis e os colocou sobre a cabeça. À meia-noite, andou pela aldeia e bateu em quase todas as janelas. Quando as pessoas saíam correndo, horrorizadas, ela ria com gosto.

Nos limites da aldeia, foi vista pelo apicultor. O corajoso homem a chamou e, como ela não respondeu, apontou a arma para ela e atirou.

Sem emitir nenhum som, ela caiu no chão. A bala havia acertado em cheio seu coração.

Ninguém chorou por ela. Quem lhe queria bem disse: "Ela pagou por seus pecados, talvez Deus a perdoe. Amém".

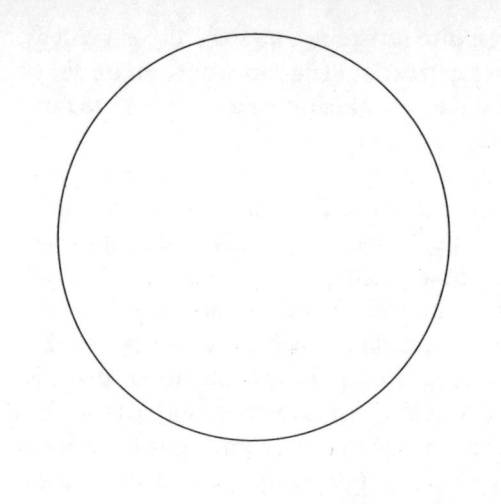

UMA
NOITE NO
PARAÍSO

102

O TENENTE BREDOV ERA O HOMEM MAIS BELO NO REGIMENTO. ALTO E ESBELTO, AO MESMO TEMPO FORTE E ELEGANTE, DE CABELOS E BARBA CASTANHOS, A PELE ROSADA DE UMA MOÇA, OLHOS GRANDES E ARDENTES e modos extremamente refinados. Tinha tudo o que era necessário para agradar às mulheres e lhes agradava de fato, mas justamente as mulheres eram sua perdição.

Aos vinte e um anos, teve seu primeiro duelo. O combate terminou de maneira tão lamentável que ele precisou fugir, deixando morto no local seu adversário — um protegido do proprietário do regimento, que, por sua vez, era protegido do rei. Nessas circunstâncias, Bredov não poderia contar com nenhuma clemência, tinha de fugir. A culpada de toda a história havia sido uma mulher, que não era jovem nem bela, mas, em compensação, era muito vaidosa e não podia suportar o fato de o oficial mais jovem e, ainda por cima, mais belo de todos, não olhar para ela, esposa de seu major. Para se vingar, instigou contra ele alguns camaradas mais velhos, que havia tempos invejavam o belo tenente por seu sucesso com o sexo frágil, e a consequência foi o duelo.

Bredov tinha patrimônio suficiente para viver alguns anos por conta própria. Embarcou em um navio e partiu para a Turquia.

A vida peculiar no Oriente tinha para ele um estranho fascínio, embora só tivesse tido a oportunidade de observá-la a partir da rua. Sobretudo as mulheres turcas exerciam sobre ele um misterioso encantamento quando o fitavam através de seus véus brancos e impenetráveis. Por dias inteiros perambulava pelas ruas e ficava feliz quando essas aparições enigmáticas passavam por ele a pé ou em carruagens. Muitas vezes as seguia até que desaparecessem dentro das casas, mas o fazia sempre a certa distância para não chamar a atenção dos escravos que as acompanhavam.

Certo dia, ele caminhava sem rumo em um bosque de plátanos às margens do Bósforo quando uma galé muito bem construída, com uma rica quilha dourada, passou, balançando sobre as ondas. Sob uma tenda de damasco vermelho, cujas cortinas eram presas por cordões e borlas dourados, estavam sentadas várias mulheres turcas em ricos trajes e espessos véus. Uma delas, que se encontrava em um assento um pouco elevado e parecia ser a mais elegante de todas, olhava de vez em quando com grande atenção para a margem.

Bredov ficou parado e observou-a com curiosidade. A embarcação se aproximava cada vez mais da margem, e o rapaz teve a impressão de ser o objeto de interesse da mulher, pois várias vezes olhou ao redor, mas não viu pessoas nem objetos nas proximidades que pudessem atrair sua atenção. Portanto, ela deveria estar olhando para ele mesmo. Quando a galé estava bem à sua frente, por um instante chegou a acreditar que pararia, mas ela seguiu em frente. Suspirando, Bredov observou-a seguir seu curso até desaparecer de seu campo de visão.

Algumas horas mais tarde, quando Bredov voltou a seu alojamento, já estava escuro. Ao passar por uma viela erma, uma mão ossuda o segurou de repente, e, quando ele olhou ao redor, viu uma velha turca à sua frente, que esboçou um sorriso amigável e sem dentes.

— Venha — convidou ela com um sotaque italiano —, quero lhe confiar um doce segredo.

Bredov, que já andava à espera de uma aventura, logo se dispôs a seguir a anciã. Ela o conduziu por muitas ruas e vielas até chegar a uma casa velha, quase em ruínas, e a um aposento miserável e sujo, iluminado por um pequeno lampião, que exalava um odor ruim. Ela lhe ofereceu um banquinho e se sentou ao seu lado, no chão.

— Se você tiver coragem — sussurrou com voz misteriosa —, poderá chamar de sua a mulher mais bonita da face da Terra.

— Como devo lhe provar que tenho coragem? — perguntou Bredov, bastante animado com a aventura.

— Se não temer o perigo ligado à posse dela — respondeu a anciã.

— Se essa mulher realmente for tão bela como você diz, atravessarei o inferno para chegar até ela. — A anciã assentiu com a medonha cabeça, mostrando-se satisfeita.

— Volte amanhã a esta hora — disse ela. — Vou esperar você e levá-lo até ela.

Quando o rapaz saiu, a porta de um quarto vizinho se abriu, e uma mulher alta, esbelta, de albornoz branco, bordado a ouro, e a cabeça coberta por um véu espesso, entrou no aposento. A anciã arrastou-se humildemente até ela, e a mulher lançou uma moeda de ouro a seus pés, que a outra apanhou e apertou sorrindo contra os lábios murchos. Então, com um gesto orgulhoso da mão, a mulher lhe ordenou que seguisse à sua frente. A anciã obedeceu e a conduziu por uma porta baixa, junto ao largo canal que banhava os fundos da casa. No local estava parada uma galé, na qual a mulher embarcou e que partiu rapidamente ao seu comando.

Bredov quase não dormiu naquela noite e, no dia seguinte, mal podia esperar pela hora do encontro. Contudo, quando finalmente anoiteceu, teve muita dificuldade para encontrar a casa em cuja soleira a mulher maltrapilha o aguardava.

— Venha, meu caro — disse ela, pegando sua mão e o conduzindo por um pequeno pátio malcheiroso. Nos fundos do edifício, passaram pelo portãozinho que dava para o canal e pelo qual a mulher desconhecida havia deixado a casa no dia anterior. Por um instante, o rapaz quase sentiu vontade de desistir da aventura, de tanto que a alcoviteira o repugnava, mas a curiosidade venceu, e ele a seguiu. Antes de ela fechar a porta, quis amarrar as mãos dele, mas Bredov protestou energicamente, e apenas com muita dificuldade ela conseguiu convencê-lo a deixá-la cobrir sua cabeça com um pequeno saco. A anciã abriu, então, a pequena porta e o ajudou a subir em um barco provido de almofadas confortáveis e macias, no qual ela o fez se sentar.

Navegaram por um momento; depois pararam, desceram da embarcação e, mais uma vez, ele sentiu a mão fria e macilenta da anciã, que o conduziu por escadas, pátios e corredores. Em seguida, seus pés pisaram em tapetes macios, e o linho do saco filtrou uma luz clara.

Quando o retiraram de sua cabeça, ele se viu em uma alcova turca não muito grande, mas decorada com luxo. Somente após alguns instantes, quando seus olhos se acostumaram ao brilho das inúmeras velas acesas em candelabros ricamente dourados, ele notou em uma otomana baixa, colocada em um pequeno desnível do aposento, uma mulher coberta por um véu.

Ela estava deitada, parecendo ao mesmo tempo altiva e graciosa, com as pernas esticadas nas almofadas macias, a cabeça um pouco inclinada para a frente, como para enxergar melhor, e sustentada pelo belo braço branco. O corpo esbelto, mas de formas arredondadas, estava envolvido por um cafetã de damasco amarelo, orlado e forrado de arminho, que lhe conferia a aparência de uma sultana. Os pequenos pés, cuja carne delicada cintilava através da fina meia de seda bordada a crivo, calçavam pequenas pantufas bordadas a ouro. O pescoço e os braços estavam nus e ricamente enfeitados com pérolas e joias. Mas todo esse brilho era ofuscado pelo fogo sinistro que faiscava dos olhos da mulher. Até então acostumado apenas a suaves estrelas azuis e à beleza germânica, Bredov sentiu temor e, ao mesmo tempo, arrebatamento ao contemplar aqueles olhos.

Permaneceu um momento parado, surpreso, quase confuso, depois ousou aproximar-se da imagem encantadora. Com o dedo, a bela mulher apontou para uma almofada diante de sua otomana. Ele obedeceu e se sentou. Uma fragrância doce e perturbadora envolvia a mulher sedutora e causou em Bredov uma emoção peculiar.

— Você tem muita coragem — disse ela com voz meio velada, mas que mesmo assim transparecia uma encantadora doçura —, mas isso não é suficiente. Você também deverá ser capaz de renunciar. Só poderei lhe dar uma noite. Está satisfeito com isso?

— Antes de responder, deixe-me ver seu rosto — respondeu Bredov, a quem toda a situação parecia um sonho bom.

Com um único e rápido movimento, ela puxou o véu para baixo. Quase sem fôlego, o rapaz fitou o semblante feminino de uma beleza extraordinária, como apenas a imaginação de um poeta ou de um artista seria capaz de criar. Por algum tempo, não encontrou palavras; depois, com a face voltada para baixo, jogou-se ao chão e balbuciou:

— Pode fazer comigo o que quiser.

Um sorriso diabólico se esboçou no rosto da bela mulher, que se levantou lentamente e pôs o véu de volta. Enquanto ele admirava, extasiado, a magnífica constituição de seus membros, ela bateu um pequeno martelo em um carrilhão de prata que estava em uma mesinha à sua frente. Imediatamente entraram vários escravos, que trouxeram uma deliciosa refeição. A mulher encheu uma taça de cristal com um vinho forte e adocicado e a ofereceu a Bredov, que a esvaziou e sentiu o fogo arder em suas veias. Em seguida, ouviu-se uma música maravilhosa, que não se via de onde vinha. O fundo da alcova era dividido por uma ampla cortina, e Bredov olhou para uma sala com uma iluminação feérica, na qual moças seminuas, fantasticamente adornadas, apresentavam uma estranha dança. Fascinado, ele fitou aquela opulência de juventude, beleza e graça.

Ainda acreditava estar sonhando quando uma mão quente e macia pegou a sua. Ao virar o rosto para cima, seus olhos encontraram o olhar sedento e ardente de amor da bela mulher que estava a seu lado.

Mais uma vez, ela estendeu a mão e bateu no carrilhão. Como um passe de mágica, a música silenciou e a cortina foi novamente fechada. Com mãos trêmulas, o próprio Bredov tirou o véu do rosto da mulher maravilhosa e cobriu seu corpo doce com beijos ardentes.

☦

Após uma noite inebriante, sobre os olhos do afortunado desceu uma sonolência suave, da qual ele foi despertado por uma leve batida na porta externa. Com frio, a bela turca envolveu o peito nu com o cafetã de arminho e, espreguiçando-se, com a ponta da pantufa empurrou Bredov, que ainda dormia a seus pés. Ele abriu os olhos, olhou com espanto ao redor, pegou o pé que ainda estava em seu ombro e pressionou os lábios contra ele. Mas ela o retirou.

— Chega — disse ela. — Temos de nos separar... para sempre.

Ele se assustou.

— Impossível! — exclamou, enlaçando-a apaixonadamente. — Você não pode estar falando sério.

— Esqueceu minhas condições? — perguntou ela. — Eu só poderia lhe dar uma noite.

— Prefiro morrer a nunca mais vê-la! — gritou Bredov e, em desespero, abraçou a bela mulher, como se estivesse tomado por um delírio.

— Morrer? — perguntou ela, e mais uma vez o sorriso malicioso deformou a boca exuberante. — Seu desejo será satisfeito.

Ele olhou para ela com horror.

— Quer me matar? Onde estou, afinal?

— No Palácio Amarelo — respondeu ela, e olhou para ele com curiosidade.

Uma palidez de morte cobriu o rosto de Bredov. Estremecendo, ele perguntou:

— Você é a sultana Esma?

Ela assentiu com a cabeça.

Então Bredov soube que morreria. Esma matava todos os seus amantes. Ele tinha ouvido falar dela logo que chegara a Constantinopla, e a fama de sua beleza e de sua crueldade despertara sua curiosidade e atiçara sua imaginação. Sempre quisera conhecer os mistérios do Palácio Amarelo, mas não acreditara que seu desejo seria satisfeito de maneira tão inesperada e rápida.

Surpreso e atordoado, ficou em pé, olhando para a mulher que possuíra por tão pouco tempo; por essa curta posse pagaria com a vida. Esma tornou a se recostar e, cansada, fechou os olhos. Ele devorou o belo corpo com o olhar e, em êxtase, lembrou-se das horas de deleite que desfrutara com ela. Pensar que havia se regalado uma única vez naquele éden de volúpia e que nunca mais o faria deixou-o como que enfurecido.

— Se tenho de morrer por esta noite no Paraíso — disse, completamente fora de si —, então quero morrer na sua frente; quero vê-la até o último instante. Essa graça você tem de me conceder.

Esma sorriu e concordou, acenando com a bela cabeça.

Pela terceira vez, bateu no carrilhão de prata. Dois escravos entraram, um deles segurando um cordão de seda vermelha. Cansada e sonolenta, acenou, e, no instante seguinte, antes que Bredov se desse conta, ele estava com o cordão no pescoço e, pouco depois, estrangulado.

Enquanto os escravos enfiavam o morto em um saco e o tiravam do aposento sem fazer barulho para jogá-lo ao mar antes que amanhecesse, Esma voltou a adormecer profundamente.

☼

Já havia se passado quase um ano. Os aposentos do Palácio Amarelo resplandeciam em um mar de luz. Ricamente adornada, Esma estava deitada em sua otomana, esperando a chegada de seu esposo, o almirante. Fazia mais de dois anos que não o via, pois ele havia sido enviado da Porta[1] para a Arábia.

Ela era uma das princesas mais jovens e, de acordo com o costume, foi entregue em matrimônio a um alto

---

1 Porta ou Sublime Porta: designação dada ao governo otomano.

dignitário, que, mesmo como esposo, teve de se aproximar dela com o máximo respeito. Embora fosse bem mais velho que ela, amava-a com ardor e ficou triste quando o enviaram para a Arábia.

O almirante tinha deixado um amigo fiel em Constantinopla, a quem confiara a jovem esposa e pedira para vigiá-la. Mas Esma, incomodada com essa vigilância, soube habilmente fechar a própria casa para esse amigo. Não obstante, os segredos do Palácio Amarelo não lhe permaneceram ocultos e, quando o almirante chegou, considerou uma obrigação pessoal informá-lo da situação antes mesmo que ele revisse a infiel esposa. Mesmo com raiva e ciúme no coração, o almirante aproximou-se de Esma, humilde como um escravo, e com os braços cruzados sobre o peito ajoelhou-se diante dela. Ela o recebeu com um doce sorriso e olhares promissores. Lisonjeira, perguntou-lhe como estava o tempo na volta para casa.

— O Bósforo está agitado — respondeu o esposo. — Pelo visto, faz tempo que não recebe nenhuma vítima.

— O que está querendo dizer? — perguntou Esma, surpresa e inquieta.

— Você deveria saber — respondeu ele —, já que foi você quem lhe entregou a maioria das vítimas. — Seu peito arfava, e seus olhos faiscavam de maneira sinistra. Esma o viu levar a mão ao cinto e foi tomada pelo medo de morrer. Quis fugir, mas antes que ela desse um passo, a punhalada pelas costas atravessou o belo peito volumoso.

O almirante passou a noite sentado junto ao corpo da esposa, entregue pela última vez ao fascínio de sua magnífica beleza e admirando diversas vezes seus raros encantos. À medida que ela esfriava, ele cobria o doce corpo de beijos, e suas lágrimas se misturavam ao sangue dela. Quando amanheceu, mandou colocar o corpo em um saco e jogá-lo ao mar.

As pessoas contavam que a sultana Esma havia encontrado a morte nas ondas do Bósforo ao sofrer um acidente durante uma viagem noturna.

UMA
DAMA NO
CONGRESSO

112

A HEROÍNA DE MINHA HISTÓRIA PERTENCIA A UMA FAMÍLIA DA ALTA ARISTOCRACIA E DESEMPENHOU UM IMPORTANTE PAPEL NO CONGRESSO DE VIENA. O FATO DE ELA SER ELEGANTE, JOVEM, BONITA E RICA era o que menos contava. Para sermos justos, temos de admitir que, naquela época, Viena estava repleta de mulheres com as mesmas qualidades, mas nossa heroína tinha justamente a que todas as outras não tinham: era *virtuosa*, e naquele tempo essa qualidade era tão rara que a contemplavam e admiravam como a um enigma incompreensível. E o mais curioso era que ela não vivia de maneira reservada; ao contrário, aos olhos de todos, colocava diariamente sua virtude às mais duras provas e sempre saía vitoriosa.

Seu magnífico palácio com jardim, ainda hoje famoso pela beleza, era o ponto de encontro do mundo aristocrático e galante. Em seus encantadores salões, monarcas e ministros, príncipes e princesas tramavam intrigas amorosas, e ela, a mais bela e cobiçada de todos, esboçava nos lábios frescos e altivos um sorriso de compaixão pelas fraquezas das pessoas ao seu redor. Tinha uma legião de admiradores a seus pés e seduzia todos, mas nenhum deles podia sequer se vangloriar do menor reconhecimento. De fato, pode-se dizer que ela levava o mundo masculino ao desespero. Tentava-se chegar a ela por todos os meios possíveis, mas havia um ponto que ninguém ultrapassava. Entretanto, seus belos olhos irradiavam um ardor sensual, e todo o seu ser exprimia um hedonismo insaciável.

Seria mesmo virtuosa uma mulher com essa aparência tão fascinante? Impossível, mas quem não quisesse acreditar nisso acabava derrotado.

Ao contrário das muitas francesas e italianas que ali se encontravam, o que lhe conferia um encanto especial eram uma tranquilidade e uma superioridade incomuns para sua juventude. Talvez ela não fosse tão *espirituosa* quanto as damas ao seu redor, mas certamente era mais *inteligente* e *ponderada* que elas.

Um grupo de monarcas e estadistas estava ali reunido — para decidir o destino de países e povos? Nada disso! Reuniram-se ali para se divertir e correr atrás de aventuras galantes. A política era um bom pretexto, e a ninguém ocorrera levar a questão a sério. E quando finalmente tinham de se ocupar desses assuntos monótonos, ou seja, do destino de povos inteiros, isso era feito da maneira mais frívola. Quem na época pensaria que essa leviandade irresponsável se tornaria a pedra angular de calamidades, guerras e revoluções posteriores? Tinham coisa melhor para fazer!

Conquistar uma bela mulher era algo muito mais importante para um monarca ou estadista do que o futuro de seu povo, e sempre era preferível um tête-à-tête com uma atriz ou cantora atraente a um debate maçante em uma sala de reuniões.

Para esse grupo de homens, uma mulher como a heroína de minha história deveria ser um assunto da máxima importância, e conquistá-la era uma questão muito mais séria que a felicidade ou a infelicidade da Europa. Desse modo, a bela mulher era constantemente rodeada por um enxame de cavalheiros, que ela sabia muito bem manter na expectativa, nutrindo as esperanças deles com seu jogo sedutor, mas sem nunca se mostrar disposta a satisfazê-las.

Certo dia, a corte organizou um passeio de trenó para Schönbrunn. As damas competiam no luxo dos trajes: uma tentava superar e ofuscar a outra, e nessa disputa os casacos de pele originais e valiosos desempenhavam o papel principal. A dama de minha história apareceu em um casaco de pele e seda rosa, forrado e ornado de arminho legítimo, que se ajustava a toda a sua alta figura e ressaltava suas belas formas da maneira mais vantajosa. Diante de seu trenó ia o do imperador da Rússia. A aparência agradável e imponente do monarca despertou a atenção de todas as mulheres, mas, dessa vez, o czar tinha olhos apenas para a magnífica mulher, que, bela como uma deusa, estava sentada na pele branca de urso de seu trenó e balançava em seu casaco macio. Para a admiração do imperador, que continuamente virava a cabeça para ela, a mulher sempre retribuía com um sorriso encantador, o que o fez acreditar que nada mais impediria seu sucesso. Quando os trenós chegaram a Schönbrunn, o imperador Alexandre se apressou a ajudar a atraente mulher a desembarcar e, enquanto retirava as mantas de pele que a cobriam, sussurrou palavras ardentes em seu ouvido.

Tendo assistido à cena com inveja e ciúme, todo o grupo achou que havia chegado o momento em que aquela virtude cairia por terra, inevitavelmente, mas enganou-se. Nem mesmo o belo e interessante imperador russo conseguiu obter da inteligente mulher mais que todos os outros. Suas demonstrações de apreço só serviram para torná-la a beleza mais celebrada de Viena e coroar seus triunfos.

Seu consorte, o príncipe, muito orgulhoso da virtude da esposa, não deixava passar nenhuma oportunidade de enaltecê-la em detrimento de seus conhecidos e amigos. Certa vez, entrou em conflito com um de seus parentes, que havia sido enganado pela própria mulher da maneira mais descarada. O príncipe se vangloriara novamente da virtude da esposa, e o outro, que viu nisso uma intenção, irritou-se e disse que não acreditava nessa virtude até ter uma prova dela. Todos os maridos eram enganados; tudo dependia da esperteza das esposas e de sua arte de dissimular.

Indignado e irritado com essa suspeita contra sua bela consorte, ele exigiu do outro que provasse sua afirmação ou o enfrentasse em um duelo. O parente se dispôs a entregar-lhe a prova em catorze dias ou aceitar o desafio.

O cético organizou uma polícia particular para vigiar o palácio da princesa e ela própria dia e noite. Cada passo da celebrada mulher era observado por olhos atentos e reportado fielmente.

Foi então que, antes de os catorze dias se encerrarem, o caro parente exortou o príncipe a passar algumas noites observando bem o portão dos fundos de seu parque, às horas mortas, para se convencer de que a figura que costumava entrar e sair por ali, no caminho que dava diretamente nos aposentos da princesa, não era nenhum espírito, mas um belo homem de carne e osso.

O príncipe, que não duvidava nem um pouco da fidelidade da esposa, chegou a achar a suspeita do amigo ridícula; não obstante, decidiu colocar-se a postos à meia-noite para se convencer da inconsistência dessa alegação e preparar a derrota do caluniador.

Com a espada no flanco, o príncipe se postou na hora marcada perto do pequeno portão, rente à sombra de uma coluna do muro do parque. Quase uma hora se passou sem que uma alma humana aparecesse. Irritado, já estava prestes a deixar seu posto quando ouviu passos rápidos vindo do muro e passando pela areia macia do caminho no jardim. Nervoso, encolheu-se rapidamente em seu canto e observou o pequeno portão com atenção. Com cautela, uma chave foi inserida na fechadura e o portão, aberto sem fazer barulho. Um homem aparentemente jovem e esbelto passou com precipitação pelo vão e trancou o portão com o mesmo cuidado com que o havia aberto. O príncipe pulou ao seu lado e o chamou. Assustado, o rapaz olhou ao redor e, ao reconhecer o príncipe, fugiu atravessando a estrada com longos saltos. Ao primeiro movimento que o forasteiro fizera para fugir, o esposo ofendido desembainhara a espada e lhe dera uma estocada no ombro. Ainda que apenas de leve, conseguira ferir o fugitivo. Era o que mostrava o rastro de sangue que ele deixara em sua corrida. O ferido tinha uma boa vantagem em relação ao príncipe, que, por ser mais velho e mais forte, não conseguia correr tão rápido quanto o outro e acabou ficando para trás na perseguição. O fugitivo entrou na viela seguinte, do outro lado do muro do parque. Quando o príncipe chegou ofegando ao local, o homem já tinha desaparecido. Curiosamente, o rastro de sangue conduzia apenas até a porta de uma pequena casa, na qual residia parte de sua criadagem. Ele não quis entrar para não chamar a atenção de seus empregados.

Nervoso e irritado, tomou o caminho de volta. Quem era o amante de sua esposa? E por que havia conseguido se refugiar na casa de seus criados? Ele decidiu que, no dia seguinte, interrogaria com rigor toda a criadagem antes de falar a esse respeito com a esposa.

No dia seguinte, porém, seus amigos foram buscá-lo logo cedo para uma cavalgada, da qual ele retornou apenas para o jantar. Foi recebido pela esposa, bela, alegre e amorosa como sempre. No entanto, por mais adorável que esta fosse, a refeição estava muito ruim. Com péssimo humor, o príncipe gritou para o camareiro, indagando o que significava aquilo. O serviçal respondeu que o primeiro cozinheiro tinha adoecido à noite e o jantar tivera de ser preparado por seu assistente.

— O que tem o cozinheiro? — perguntou o príncipe.

— Foi atacado por ladrões na estrada e ferido no braço — respondeu o camareiro, sem saber de nada.

Dirigindo à esposa um olhar furioso, o príncipe se levantou de um salto, movido por uma terrível suspeita. Queria deixar a sala no mesmo instante, mas, com o sorriso mais sereno e amável do mundo, sua mulher chamou sua atenção para o fato de que seria muito inapropriado deixá-la jantar sozinha. Ela estava certa. Acima de tudo, era preciso manter as aparências. O príncipe voltou ao seu lugar e, embora estivesse muito nervoso, deu a impressão de comer com o apetite de sempre. Durante o jantar e na presença do camareiro, até se forçou a conversar com a esposa de maneira casual sobre assuntos sem importância.

Com toda sorte de manobras habilidosas, por algumas horas depois do jantar a astuta mulher conseguiu impedir que o marido nervoso procurasse o cozinheiro ferido, e quando ele finalmente o fez, o outro já tinha fugido, e ninguém sabia dizer para onde.

Furioso de ciúme, o príncipe voltou para a esposa. Envolvida em um confortável casaco de pele, a bela mulher estava deitada em uma otomana baixa, conversando vivamente com seu papagaio. A tranquilidade da esposa deixou o príncipe ainda mais irritado. Ele lhe contou sua aventura da noite anterior e, com palavras duras, acusou-a de infidelidade, de infidelidade com um *plebeu*.

A princesa não se deixou abalar nem um pouco pela ira do esposo e continuou a conversar com o papagaio. Somente quando ele terminou suas acusações, ela levantou com lentidão e graça a bela cabeça e disse:

— O que você quer? Não tem direito de reclamar. Faço apenas o que todo mundo faz. O fato de eu ter escolhido pessoas fora de nossos círculos traz a mim e a você a vantagem de sermos vistos por nossos conhecidos como o casal exemplar, e você ainda pode se divertir vangloriando-se da virtude de sua esposa.

Por mais frívola que fosse a resposta, o príncipe viu-se obrigado a curvar-se ante sua lógica. Ela lhe demonstrou com toda a clareza que, na verdade, fazia mais do que sua obrigação quando parecia manter-se fiel a ele perante todos. *Nenhuma* mulher do mundo aristocrático daquela época era fiel ao marido. Com que direito o príncipe poderia exigir da sua o que nenhuma outra fazia? E ele foi muito inteligente em ter se resignado e não ter feito nenhum escândalo.

No entanto, tal como Catarina,[1] ela manteve seu gosto até a velhice, e como o príncipe achou que seria arriscado continuar a se gabar da virtude da esposa, tampouco houve quem, irritado com sua gabarolice, ainda quisesse lhe provar que sua situação não era melhor que a dos outros. Assim, ainda hoje a princesa que morreu há apenas alguns anos é considerada em Viena uma das mulheres mais virtuosas do século.

---

1   Referência à imperatriz Catarina II da Rússia, conhecida por ter tido muitos amantes.

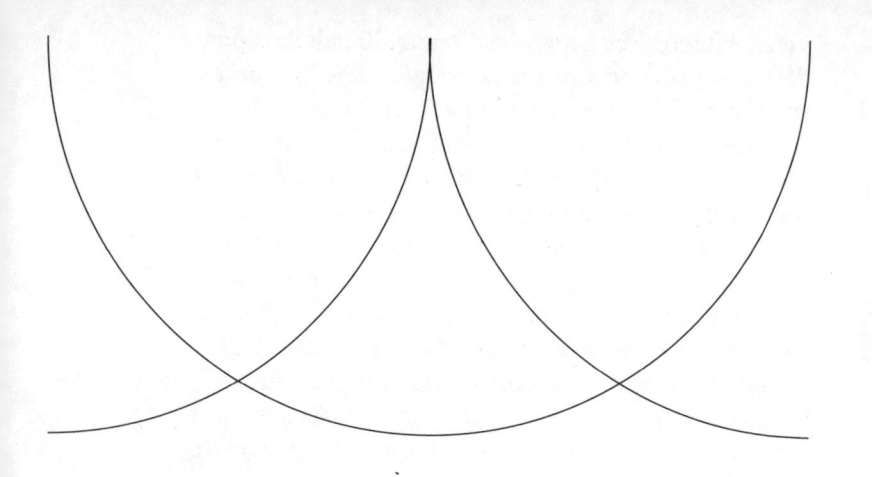

A VIDA PARA O AMOR

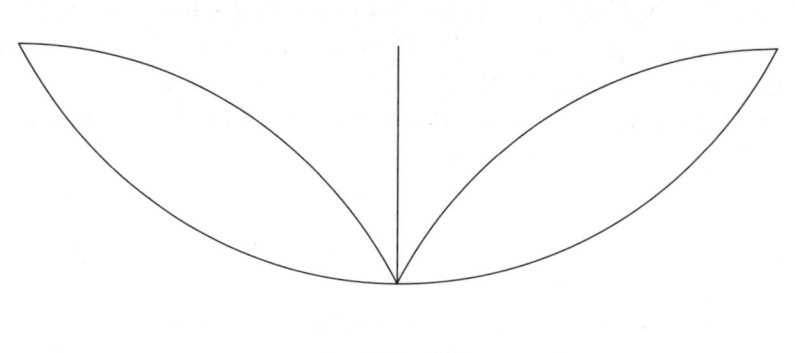

120

UM VAIVÉM COLORIDO TOMAVA CONTA DO PASSEIO DA CAPITAL. ERA UM DIA CLARO, MAGNÍFICO E ENSOLARADO DE FEVEREIRO, E TODO O MUNDO ARISTOCRÁTICO PERAMBULAVA PELAS LARGAS ALAMEDAS, RINDO E CONVERSANDO.

Mulheres bonitas em casacos de pele valiosos, homens elegantes, crianças encantadoras, transformadas em pequenos poloneses, cossacos e húngaros.

— Bom dia, major. Como vai? — perguntou uma dama extremamente elegante a um oficial hussardo de baixa estatura, que parou para cumprimentá-la.

— Obrigado. Permite que eu a acompanhe?

— Claro. Como o senhor pode ver, nenhum dos meus outros escravos está aqui.

— Hoje não cederei meu lugar a seu lado nem que tenha de lutar com todo o seu exército de pretendentes.

A dama olhou para ele com ar sedutor e riu. Na verdade, Malvine Belmont não tinha beleza, mas era extremamente encantadora. Apesar das formas arredondadas, era esbelta, tinha aquela estatura mediana que tanto agrada aos homens, cabelos cintilantes em leve tom de ruivo, bem como grandes olhos azuis e sorridentes. O meio véu mostrava uma boca cujos lábios carnudos eram sempre contornados por um sorriso atrevido. Seus movimentos eram leves, graciosos, mas elegantes. O casaco de pele de marta, curto e valioso, ajustava-se com perfeição a seus quadris arredondados, e os raios do sol de inverno brincavam com seus cachos dourados.

Malvine tinha se casado aos dezesseis anos. Era uma pobre baronesa, e seu marido, o único filho de burgueses ricos. No entanto, ele era oficial, tinha o bigode mais bonito do mundo e dançava como ninguém. Moças pobres não têm muita escolha — e ela o aceitara. Por dois anos, foi feliz com ele à sua maneira, mas então veio a Batalha de Königgrätz, e ela ficou viúva aos dezoito anos. Comprou os mais belos trajes de luto e viajou a Paris para usá-los. Após alguns anos, voltou mais bela e viçosa do que nunca. Tinha herdado todo o patrimônio do marido, e como ela própria era da antiga nobreza e, ainda por cima, jovem, bonita e rica, esqueceram-se de seu casamento com um burguês e a aceitaram de braços abertos na sociedade.

Cercada de brilho e luxo, ela passou a viver uma vida nobre e ociosa, cujo tédio nunca a afetava. Seu coração, que se deixava levar facilmente pelas paixões, sempre tinha um breve relacionamento amoroso ou uma aventura galante que a impedia de sentir o vazio de sua vida. Os homens sabiam que era cruel; por isso, prostravam-se a seus pés. As demonstrações de apreço por parte deles a divertiam sobremaneira. Malvine nunca levava o amor a sério e, como condição, sempre impunha ao amante que se submetesse tranquilamente à sua sorte tão logo ela se cansasse dele.

— Não o amo mais — costumava dizer nessas ocasiões, com um sorriso de extrema alegria —, mas vamos permanecer amigos!

Assim, a mulher que mal completara 24 anos já contava um belo número de "amigos".

— Onde está Schlippenbach, meu casto Joseph? — perguntou Malvine ao major.

— Deve estar em casa, burilando um poema para alguma bela desconhecida ou escrevendo uma elegia para sua amada infiel.

— Que tolice! — exclamou a bela mulher. — Com certeza Schlippenbach nunca teve uma amada.

— Não no sentido em que está pensando, baronesa, mas ele já amou, aos dezesseis anos, uma jovem estudante que conheceu no internato onde sua irmã foi educada. Dizem que o pobre rapaz chorou muito após alguns anos, quando a moça se casou com um rico príncipe russo. Creio, baronesa, que nem mesmo seu poder, ao qual ninguém consegue escapar, vá funcionar com Schlippenbach; ele é um entusiasta e um idealista absolutamente incorrigível.

— O senhor quer me irritar, mas não vai conseguir. Schlippenbach ainda será meu escravo, apesar de tudo.

O major fez cara de quem tinha fortes dúvidas.

— Lembre-se, baronesa, de que ele já está há quatro semanas aqui — disse ele.

— E ainda não se apaixonou por mim, é o que quer dizer. Espere para ver. O senhor deve conhecer o ditado segundo o qual as coisas boas demandam tempo.

— Se faz mesmo questão de seduzir o pobre homem, poupe-o dessa sorte e destine-a a mim.

— Não — disse Malvine com um sorriso maldoso. — Seja como for, prefiro Schlippenbach.

— Ah, aí vem ele.

Um homem elegante se aproximou de ambos. Em sinal de deferência, tirou o chapéu diante da dama, enquanto estendeu levemente a mão ao major.

— Finalmente o sol o fez sair da toca, poeta! — exclamou Malvine, feliz por vê-lo.

— O sol e a esperança de encontrá-la aqui — galanteou o rapaz.

Malvine lançou um olhar triunfante ao major.

— Imagine que andam caluniando o senhor. Dizem que é suspeito de fazer poemas.

— Seria esse um crime grave? — perguntou Schlippenbach, sorrindo sem constrangimento.

— O que irrita a baronesa não é o fato de o senhor escrever poemas — interveio o major —, e sim o de o senhor endereçar suas efusões poéticas a um ideal inalcançável, em vez de exalá-las aos pés de uma bela mulher que vive perto do senhor.

Malvine não conseguiu conter o riso diante da irritação ciumenta do major.

— Vai ao baile esta noite? — perguntou ela rapidamente a Schlippenbach.

— Certamente, se a senhora ainda puder me conceder uma quadrilha.

— Ao senhor, sempre, amável entusiasta — sussurrou a encantadora mulher.

‡

Nunca Malvine tinha se enfeitado com tanto esmero para um baile como naquele dia. Queria agradar e conquistar. E agradou — mas não conquistou, pelo menos não onde mais lhe interessava. Schlippenbach dançou, conversou, riu com ela e até elogiou sua aparência encantadora, mas a mulher percebeu muito bem que o coração dele permaneceu tranquilo e frio. Quando Schlippenbach se sentou ao seu lado, em vão ela deixou a ponta do pé repousar sobre a dele; precipitando-se para uma rodada de polca, em vão lançou sedutoramente sobre o braço dele o casaco de arminho, cujos pelos cintilantes ainda estavam impregnados com todo o perfume quente de seus ombros exuberantes. Pela primeira vez, ela perdeu a confiança na magia de seus encantos. Após o baile, entrou em seu boudoir quase com receio de se olhar no espelho e examinou o próprio rosto, a própria figura. Achou-se bonita como sempre, nenhum sinal de mudança apresentou-se a ela.

Bernhard Schlippenbach amava a companhia de Malvine, gostava de encontrá-la e às vezes até a procurava. Jovial e divertida, algumas vezes ela o distraíra de seus pensamentos tristes e de seu humor sombrio. Vivia com leveza e alegria e sabia compartilhar com os que a rodeavam o temperamento inofensivo de seu coração. Ele, ao contrário, era um homem reflexivo, de caráter forte e, quando se via em meio às pessoas, após passar horas angustiando-se com seus pensamentos solitários, sentia-se feliz por poder reanimar-se com o humor efervescente e o espírito alegre da moça. Mas isso era tudo. Para ele, Malvine era uma distração agradável, nada além disso. Em seu coração virginal, ainda intocado pelos vícios da sociedade moderna, viviam ideais elevados e sagrados. Em sua concepção, a mulher e o amor constituíam um mistério maravilhoso, no qual ele pensava apenas com um inocente estremecimento e em cuja sacralidade acreditava como em Deus, como no amor por sua mãe. Com ansiosa timidez, esperava o momento em que uma mulher graciosa levantaria para ele o véu do segredo divino e lhe ensinaria as revelações abençoadas do amor. Por certo, com uma natureza tão pura e uma alma tão imaculada, as artes sedutoras de Malvine eram um esforço perdido. Não obstante, mimada como era, ela não perdia as esperanças.

— É hoje ou nunca! — disse no dia após o baile, ao ouvir os passos de Schlippenbach na antessala. Convidara-o para o chá, e ele compareceu, como sempre fazia quando ela o chamava. Malvine usava um traje encantador. Seus cachos pendiam sobre suas costas na mais adorável desordem e lançavam um brilho dourado na nuca arredondada e de um branco ofuscante, em torno da qual a volumosa gola de um négligé de seda branco, ornado com plumas de cisne, repousava como flocos de neve.

— Como a senhora está bonita hoje! — exclamou ele, tomando o chá sem se abalar e examinando suas formas magníficas com um olhar tranquilo.

— Se me acha bonita, por que não me faz a corte?

— Para isso, eu teria de *amá-la*, baronesa!

— Pois bem, então me ame! É tão difícil assim apaixonar-se por mim?

— Não creio, mas nunca pensei nisso.

Ao dizer isso, observou-a com um olhar surpreso e peculiar, fazendo-a perder a paciência.

— O senhor é um ingrato, uma pessoa sem nenhum sentimento, uma pedra. Há meses me esforço para fazê-lo apaixonar-se por mim. Antes tivesse me empenhado com um bloco de madeira!

— Mas, baronesa, por que fez isso? — perguntou Schlippenbach, quase assustado. — A senhora deveria saber que eu... que nós...

— Não combinamos? Mas é justamente isso que me atrai! Eu queria ver, ao menos uma vez, um homem virtuoso, um entusiasta, um idealista a meus pés.

— Muito bem, mas, nesse caso, os meios que a senhora empregou não foram os corretos. Logo que nos conhecemos, a senhora me confiou de maneira bastante aberta e sincera sua visão divertida do amor. Tenho outros conceitos sobre esse assunto, e sua maneira de ver as coisas não despertou em mim nenhum pensamento apaixonado.

— E como o senhor imagina o amor?

Malvine tinha esquecido sua irritação e voltado a conversar com a mesma desenvoltura de antes. Seus dedos brancos brincavam na perfumada plumagem de cisne de seu négligé.

— Suspeito que o amor seja uma felicidade tão sublime que desfrutar dele de maneira fugaz seria como aviltá-lo. Se o destino me reservar essa sublime felicidade, ela só poderá ser oferecida a mim por uma mulher pura, bela e séria.

— Oh, o senhor é um moralista rigoroso! — ironizou Malvine. — Onde pretende encontrar essa mulher pura? Por acaso em nossa requintada sociedade?

— Por que não? — indagou Schlippenbach com seriedade. — Acredito que também em nossa aristocrática sociedade haja mulheres nobres, que apenas com relutância se submetem a essa vida, à qual são forçadas pelas circunstâncias e pela posição social. Em todas as esferas da vida a senhora encontrará o bom e o ruim, o sublime e o ordinário. Reconheço que o vício é mais presente que a virtude, mas o valor desta também é maior, e mais feliz é quem descobre a pérola entre os escombros do mundo desmoralizado; é um privilegiado, alguém agraciado pelos céus.

Malvine começou a ficar um tanto inquieta com essa discussão. Talvez estivesse sentindo algo que não se harmonizava exatamente com sua natureza descontraída.

— Não acredito em sua moralidade — rebateu. — Por trás dela se esconde apenas volúpia.

— Sim, a senhora tem razão, a volúpia é inseparável do verdadeiro amor. E é o que quero: uma mulher cuja natureza seja fria e rigorosa até o amor se acender em seu peito casto pelo único eleito, ao qual ela se entregará de corpo e alma e por cujo ardor sua pureza também se inflamará. Oh, eu gostaria de encontrar uma mulher de pedra e aquecê-la, avivá-la em meu coração até a sagrada chama de seu amor se acender e ela derreter comigo em doce volúpia.

Os grandes olhos escuros de Schlippenbach brilhavam; a palidez habitual de seu rosto cedia lugar a um rubor febril e revelava a profunda emoção com a qual se expressava.

Malvine o observou com surpresa e admiração. Nunca um homem tinha falado com ela daquela maneira.

— Conheço uma mulher de pedra como essa — disse ela, por fim — e gostaria de saber se o seu amor poderia aquecê-la. Dizem que duas pedras que se encontram soltam faíscas. Eu gostaria de ver essas faíscas.

— E quem seria essa mulher de pedra? — perguntou Schlippenbach, novamente tranquilo.

— Hanna von Fürstenberg. Uma mulher bonita, mas fria e rigorosa, inacessível a qualquer homem. Vive um casamento infeliz, mas, mesmo assim, não arrisca submeter sua honra imaculada às fofocas nem ao desejo de conquista dos leões de nossa capital.

— Então ela vive aqui?

— Sim, aqui. Se o senhor prestasse mais atenção às beldades de nossa cidade, já a teria notado há muito tempo.

— Nunca a vi.

— Se tivesse se comportado bem comigo, eu lhe apresentaria Hanna.

— Oh, seja misericordiosa, baronesa.

— Na quarta-feira darei a última soirée em minha casa. Hanna estará presente. Venha o senhor também. Eu o apresentarei a ela.

Schlippenbach beijou a mão da sedutora mulher com gratidão. A imagem que ela lhe esboçara de Hanna havia excitado intensamente sua imaginação. Com impaciência, aguardou o momento de conhecê-la.

✠

E chegou o momento em que a maravilhosa mulher branca como mármore, de olhos escuros e aveludados e cachos pretos como a noite, apareceu à sua frente com um manto de arminho real envolvendo os ombros divinos. E esse momento foi seguido por horas em que ele não apenas conheceu o belo invólucro dessa mulher, mas também pôde olhar para as profundezas de sua alma, uma alma grande e nobre, que ele admirou e lastimou. Não foi preciso muito para Bernhard Schlippenbach amar aquela magnífica mulher com todo o ardor apaixonado de seu coração puro e casto. Sim, ela era a mulher de sua fantasia, o ideal sonhado e amado que vivia em seu coração desde que ele era capaz de pensar e sentir! Era o mármore ao qual queria dar vida, a pedra com a qual queria produzir faíscas.

Assim teria de aparecer diante dele, fria e tranquila, envolvida em sua virtude como em um vestido de bronze, santificada e inalcançável, até ser tocada pelo amor dele e a chama alçar-se do invólucro de gelo.

Entretanto, Schlippenbach não se entregou a essa doce esperança por muito tempo. Não demorou muito para perceber que, no peito de Hanna, havia mais coisas a combater do que sua virtude, que a frieza exibida por ela tinha uma razão muito mais séria e profunda do que ele suspeitara no início. Com horror, descobriu que a alma altiva da moça havia sido tocada pelo sopro mortal da infelicidade, que a dúvida e a desconfiança corroíam seu coração. Foi tomado por uma compaixão infinita. Oh, o que não faria para vê-la feliz! Daria a própria vida e o próprio sangue para ter nem que fosse apenas uma hora de alegria com aquela graciosa mulher.

Ainda não lhe dissera nem uma palavra sobre seu amor, mas não duvidou nem por um instante de que ela sabia de sua paixão; afinal, não fazia nenhum esforço para escondê-la.

Assim decorreu o verão. Hanna se comportou sempre do mesmo modo: não o encorajou, mas tampouco o evitou. Ela parecia completamente indiferente aos sentimentos que despertava nele, e ele... começou a desesperar-se de sua felicidade.

— E então? Até onde chegou com sua noiva de mármore? — perguntou Malvine com malícia quando se reencontraram seis meses depois. — Só vejo faíscas do seu lado.

— Ela é infeliz demais, não consegue amar — opinou Schlippenbach, ou então: — Não tem coração; realmente é uma mulher de pedra.

Mas não conseguia acreditar nessa última frase, pois a havia observado com bastante atenção. Muitas vezes a alma ardente de Hanna brilhava através de sua aparente tranquilidade altiva. Sob sua majestade fria e entristecida batia um coração quente e grande. Desse modo, o rapaz se atormentou com amargas dúvidas, até o dia em que não conseguiu mais controlar sua paixão e, prostrado aos pés dela, suplicou seu amor, tal como um esfomeado mendiga o pão.

Hanna estava em pé à sua frente, alta e bela como uma soberana. A seda azul de seu longo vestido a envolvia com suavidade. Observou-o de cima, com um olhar frio, e sua pequena boca orgulhosa contraiu-se com desdém.

— Não acredito no amor — disse ela tranquilamente.

Schlippenbach havia travado uma longa luta consigo mesmo antes de a desditosa confissão sair de seus lábios; porém, ao ver a mulher sorrir de maneira tão glacial enquanto ele jazia a seus pés, no ápice da dor, como um verme esmagado, seu orgulho viril indignou-se, e ele exclamou com amargura:

— A senhora não acredita no amor porque não é capaz de senti-lo. Encobre-se orgulhosamente em sua virtude como uma soberana que, com seu manto de arminho, protege-se dos sofrimentos e das alegrias das pessoas. Se fosse uma mulher, teria um coração, sentiria ao menos compaixão por meu tormento, mas não é capaz de compreender a dor que revira meu peito.

— Está me fazendo acusações que não mereço, Schlippenbach — disse Hanna com seriedade. — Ouça-me. Vou lhe dizer algumas palavras que talvez lhe expliquem minha natureza e minha frieza. Casei-me jovem, muito jovem. Todos os sonhos de juventude, todas as fantasias pereceram em um casamento sóbrio e comum. Pois bem, esse era meu destino. Então tentei encontrar em outras pessoas o que me havia sido negado: o amor. Acha que o encontrei? Não! É a lei cruel da natureza que une as pessoas, e depois que elas pagam seu tributo à natureza, surgem o cansaço, a saciedade, a repugnância. E o amor, onde se encontra? Vi pessoas que se amaram, desfrutaram do amor e nele se regalaram, para, por fim, separarem-se com indiferença e a alma enfraquecida. Sim, eu ainda poderia acreditar no amor, mas não em sua duração. Eu imaginava o amor como um sentimento divino, puramente espiritual e eterno, e descobri que ele era tão volúvel quanto qualquer outro sentimento do coração humano. Eu o vi nascer e voar ao céu, surpreendi-me com seu voo divino e chorei miseravelmente ao constatar sua queda. O perecimento do amor é mais horrível que a própria morte. Ver essa felicidade, esse sentimento, que me pareciam tão sublimes, tão sagrados, perderem-se e desaparecerem aos poucos como uma quimera, derreterem como nada... Não! Prefiro renunciar a tudo ou... morrer com ele. Sim, se eu encontrasse um homem que, com o fim do *amor*, também tivesse forças para pôr fim à própria *vida*, que no primeiro instante do cansaço quisesse abraçar a morte junto comigo, eu lhe pertenceria de corpo e alma, com todos os meus pensamentos, com meu sentimento e minha vontade, com cada suspiro!

— Oh, então a senhora pertence a mim, Hanna! — exclamou Schlippenbach em efusivo júbilo. — É minha, inteiramente minha.

— O senhor... o senhor seria capaz?

— Com a senhora eu morreria alegremente, sem hesitar! A felicidade de tê-la possuído só pode ser paga com a vida.

Hanna havia se levantado. Uma palidez cadavérica cobria sua face, e um calafrio glacial fez seu corpo estremecer. Seus traços eram de pedra, no entanto, seu peito ondeava como em uma tempestade.

— Está falando sério? — perguntou com voz abafada.

— Não vê isso em minhas lágrimas de felicidade? Mulher! Entenda de uma vez por todas que a amo loucamente! Não me martirize por mais tempo com sua dúvida!

— Estou falando muito sério, Schlippenbach. Digo mais uma vez que esta é minha última advertência — repetiu Hanna solenemente.

— Diga-me pelo que devo jurar e empenhar minha vida.

— Acredito em você e lhe pertencerei, mas atenção: caso se arrependa ou perca a coragem, eu o matarei com mãos firmes ou o açoitarei até a morte como faria com um escravo rebelde.

— Faça isso, Hanna, mas seja minha — disse ele, abraçando-a. — Disponha de mim, maltrate-me, mas, em troca, deixe-me beijar a alma que brilha nesses maravilhosos olhos.

— Sou sua — sussurrou a magnífica mulher —, mas você também está entregue a mim como minha posse desprovida de vontade, e nada mais neste mundo poderá arrancá-lo de mim.

☦

— Onde está Hanna? — perguntou Malvine ao encontrar Fürstenberg alguns dias mais tarde na casa de uma amiga.

— Um de seus caprichos a levou a um castelo solitário nas montanhas — respondeu o marido de Hanna.

— Garanto à senhora, baronesa, que ter uma mulher ensandecida realmente não está entre as amenidades da vida.

Malvine não demorou muito para ter certeza do que havia levado Hanna a retirar-se na solidão invernal de uma floresta, uma vez que Schlippenbach também parecia ter desaparecido. Fazia tempo que o havia perdoado por sua frieza. O major tinha conseguido substituí-lo; assim, ela não confiou a ninguém o que estava pensando.

Enquanto Malvine ia de uma festa a outra na cidade, Hanna recolhia-se em seu castelo em meio à floresta. Ali queria desfrutar da felicidade do amor sozinha, longe das pessoas, de maneira plena e despreocupada. Não havia levado nenhum serviçal. O velho castelão e sua esposa eram as únicas pessoas que a cercavam. Depois de arrumar como desejava o edifício quase em ruínas, escreveu a Schlippenbach. Ele foi a seu encontro, mas não encontrou o que esperava. Foi recebido não pelos braços abertos de uma mulher ardente de amor, e sim pelo olhar frio e altivo da senhora de quem se sentia escravo.

— Você se entregou às minhas mãos, Bernhard — disse ela serenamente. — Quero ver se seu amor é forte o suficiente para suportar o que exaltou no primeiro instante de frenesi. A partir de hoje, você é meu criado, meu escravo. Não vou tratá-lo melhor do que a um cão, e se não obedecer, será castigado como tal.

— Servirei a você como um escravo! — exclamou Schlippenbach, ajoelhando-se a seus pés. — E beijarei os pés que me pisoteiam.

Os traços frios de Hanna esboçaram um sorriso triunfante.

Uma semana se passou, e Hanna não mudou seu comportamento. Schlippenbach não recebeu nenhum tipo de encorajamento, nem a mais tênue demonstração de afeição, nenhuma palavra amigável, tampouco um olhar amável. Ele só podia aproximar-se de joelhos da orgulhosa mulher, e as palavras emitidas pelos lábios dela não passavam de ordens duras e severas.

Era obrigado a servi-la nas refeições e a selar seu cavalo quando ela queria cavalgar. Também tinha de ajudá-la a se vestir, e ai dele se, mesmo que apenas com o olhar, deixasse transparecer como a visão daquele encanto divino fazia seu sangue ferver e a excitação quase lhe tirar o fôlego. Quando isso ocorria, ela pegava o chicote e o açoitava sem piedade, como a um escravo.

Às vezes, quando ele saía do aposento após servi-la, ouvia sua risada do outro lado da porta, e essa risada dilacerava sua alma.

A crueldade fria daquela mulher intensificou o amor dele até levá-lo à loucura. Pensar que seu tormento de amor proporcionava apenas uma distração agradável em meio aos prazeres deteriorados de uma dama mimada da alta sociedade levava-o quase ao desespero. Foi tomado por uma tristeza assustadora. Ele, que tinha um conceito tão elevado do amor, que estava disposto a sacrificar tudo, a entregar tudo para ter a mulher que lhe inspirasse esse sentimento, não podia deixar de temer ter caído nas mãos de uma indigna, de ter sacrificado a própria felicidade por uma mulher que não sabia merecer a grandeza de sua paixão.

Enquanto Schlippenbach se atormentava com essas dúvidas, Hanna se deleitava plenamente com a felicidade de ver-se amada à loucura. Nos dez anos de casamento com um homem rude, que ela não amava, sua sensibilidade delicada e seu coração nobre e brando haviam sofrido infinitamente. No início, a jovem chorara por sua felicidade, por seus sonhos e suas esperanças; depois, habituara-se a renunciar a tudo.

Viu outras mulheres, que haviam contraído matrimônio sob estrelas bem mais felizes, depois andarem lado a lado com a mesma indiferença que ela.

O casamento moderno — que por fora exibe uma aparência enganosa de felicidade, mas por dentro é solidão — endureceu o espírito puro e meigo de Hanna; ela se tornou dura e fria. As pessoas que a cercavam eram figuras embonecadas de salão, que inventavam os sentimentos que fingiam ter. Ela as desprezava com toda a sua alma e, com orgulho, guardava seu pensamento e seu sentimento no coração. Um desejo eternamente ardente de amor, de amor verdadeiro, autêntico e ideal, preenchia seu peito, e essa ânsia insaciada de felicidade consumia as forças de sua alma e, por fim, fazia-a perder totalmente as esperanças. Nunca enganara o marido, não por escrúpulo, mas apenas porque não encontrava o que queria, porque sua natureza decidida se contentava com sua meia e duvidosa felicidade. Era jovem e bonita, muitos homens a cortejaram, mas ela rira de todos, pois era inteligente demais para não perceber que não passava de crua volúpia o que eles chamavam de amor. Com um sorriso sarcástico, pisara no coração presunçoso e vazio de seus adoradores. A repugnância era o êxito que conquistavam.

Então chegou Schlippenbach. O belo e jovem entusiasta, de rosto pálido e nobre, olhar puro e pensativo, impressionou-a. Mas ela não confiou nessa primeira emoção, venceu a simpatia e se mostrou fria e indiferente como sempre. À medida que via o amor dele aumentar a cada dia, intensificava o cuidado com que fechava seu próprio coração.

Meses se passaram. Finalmente a paixão dele a comoveu, mas a dúvida e a desconfiança estavam bem assentadas no fundo do coração de Hanna. Quanto mais claros eram os sinais de amor que ela lia no rosto angustiado de Schlippenbach, tanto maior era o medo que a fazia recuar. Por fim, não conseguiu mais esconder de si mesma que o amava, mas desconfiava do próprio sentimento.

— Ilusão, nada além de ilusão — dizia a si mesma. — Se eu for fraca e me entregar a ele, seremos felizes por pouco tempo; depois a tranquilidade se instalará, e chegará o momento em que só conseguiremos sorrir com dó da paixão que antes nos preenchia. Não, o amor não passa de uma bela fantasia que o ar hostil da vida real não suporta. Creio que ele me amará enquanto eu me mantiver à distância, mas, quando me possuir e me chamar de sua, quando o desejo se aplacar, serei indiferente para ele, e talvez também ele para mim.

Assim, ela tomou a peculiar decisão de pertencer a ele somente enquanto seu próprio amor não perdesse o furor febril; depois, era preferível escolher a morte a presenciar o *perecimento desse sentimento divino*. Animado por uma verdadeira e grande paixão por ela, Bernhard foi capaz de aceitar essa condição com tranquilidade, mas estava plenamente convencido de que seu amor, que era tão ilimitado e forte, apaziguaria a adorada mulher e a persuadiria da imutabilidade de seu sentimento.

Hanna o amava, mas seu espírito doentio não se deu facilmente por satisfeito. Na reclusão de seu castelo, quis pôr seu amante à prova e, ao ver a tranquilidade com a qual ele suportava tudo o que seus caprichos lhe impunham e até mesmo o modo sereno como sorria ao receber seus pontapés e chibatadas, ela exultou e foi tomada por uma paixão desenfreada pelo amante, que alcançou seu coração frio e inflexível.

Durante três dias, Schlippenbach foi totalmente proibido de se aproximar dela, e seu desespero atingiu o grau máximo. Então o som claro do conhecido sino convocou-o a apresentar-se à rigorosa senhora.

Hanna estava deitada em um divã turco. Os ondulados cabelos pretos e perfumados estavam soltos sobre suas costas. Um robe de seda amarela e ornado de arminho envolvia sua figura e crepitava misteriosamente a cada movimento seu. Os olhos pretos e aveludados nadavam em um brilho úmido, e a boca atraente esboçava um doce sorriso.

Naquela manhã, ela estava bela e sedutora como nunca. Uma ideia feliz alegrava seu rosto e se exprimia em seus traços, que se moviam discretamente, enquanto Schlippenbach, pálido e desfigurado pela tristeza e pela dor, permanecia em silêncio junto à porta, aguardando as ordens dela.

Por um instante, Hanna deleitou-se com sua expressão combalida e com sua visível falta de esperança.

— Aproxime-se — disse ela com brandura.

Schlippenbach foi até ela. Somente então ele viu seu belo traje e o sorriso feliz, mas já não esperava nada para si.

— Ainda me ama, escravo? — perguntou Hanna, e o tom de sua voz deixava transparecer certo temor.

Ele sorriu dolorosamente, mas não respondeu.

A bela mulher empalideceu.

Com um salto ela se postou em sua frente, cravando seu olhar ardente no dele, e indagou, tomada pela fúria e pelo medo:

— Responda, Bernhard! Ainda me ama?

Lentamente, como se perdesse a consciência, ajoelhou-se aos pés dele, em agonia, com o olhar fixo em seu rosto.

O gesto não era encenação nem jogo de sedução, mas o pálido temor pela felicidade dele e pela sua. Era o medo da mulher que ama, que teme perder o amante.

Um intenso grito de júbilo irrompeu do peito de Schlippenbach. Como uma criança, ele a tomou nos braços e a levou para o divã. A mudança repentina do mais profundo desespero para a máxima felicidade quase o privou dos sentidos. Como um louco, apertou-a contra si e beijou seus lábios com fúria. Ao se recobrar, ajoelhou-se a seus pés, diante do divã, e agradeceu a felicidade que ela lhe dava.

— Você ainda não me disse se me ama — perguntou ela em tom travesso.

— Oh, Hanna! Encoste a cabeça no meu peito e sinta as batidas do meu coração. Elas lhe dirão se a amo.

Ela beijou seus olhos ardentes e acariciou seu rosto consumido pela aflição.

— Você realmente ficou triste, Bernhard? — perguntou.

— O que quer que eu lhe responda, Hanna? Sua crueldade e sua frieza me deixaram terrivelmente triste, mas havia certo prazer nesse sofrimento, certo deleite nessa dor. Meu amor por você é tão grande, tão incomensurável, que já me sinto feliz quando você acha que vale a pena se dar ao trabalho de me torturar. Mesmo com toda a dor, os martírios que uma mulher amada impõe ao homem são um prazer. E você? Ficou satisfeita com seu escravo?

— Tão satisfeita que o promovo a meu amo e senhor.

Ela estava abraçada a ele e lhe sorria. Bernhard brincava como uma criança com seus cabelos macios e mergulhava o olhar ardente em sua rara beleza.

— Hanna, agora você me pertence como minha mulher — sussurrou, embriagado de amor, em seu ouvido.

Ela lhe ofereceu os lábios carnudos, que ele beijou com ardor, esquecendo-se das dores sofridas.

As horas se passaram como breves instantes.

De repente, pelo semblante radiante de Hanna passou uma sombra de melancolia. Com seriedade, ela perguntou:

— Você ainda se lembra da condição para aceitarmos essa felicidade, meu amor?

— Sempre pensei nela, Hanna, mas ela não me assusta. Vejo uma vida eterna pela frente, pois meu amor não terminará. E se você deixar de me amar, Hanna, então a morte será bem-vinda, pois, de todo modo, sem esse amor minha vida seria apenas um peso.

Por um instante, a antiga desconfiança obscureceu o semblante alegre de Hanna.

— Não quero perdê-lo, ou melhor, não quero perder essa felicidade que me preenche neste momento — disse ela.

Bernhard beijou seus pequenos pés, e ela voltou a se tranquilizar com seus carinhos.

☦

Conhecendo o amor apenas de romances e nunca tendo esperado sentir suas doces emoções, Hanna já estava prestes a acreditar na frieza egoísta de seu coração, mas entregou-se com toda a sua alma a essa sensação nova e estranha.

Esquecendo-se de tudo, deleitou-se com uma felicidade que a inebriava. Nos braços de Bernhard, toda a sua natureza passional despertou, irrompeu como um vulcão, e ela fez seu amante tão feliz quanto antes o havia torturado impiedosamente. Sentia calafrios ao pensar nos longos anos da vida desconsolada e melancólica que levara ao lado do marido. Tentava afugentar as lembranças de infelicidade unindo-se de maneira cada vez mais ardente a Bernhard.

E ele, jovem e inexperiente, considerou essa paixão vibrante e febril como o verdadeiro, grande e autêntico amor, forte o suficiente para iluminar uma vida inteira. Tomou o ardor passional da mulher infeliz, cuja vida fora abreviada, pelo sentimento caloroso e genuíno do coração e, cedendo a essa ilusão, desfrutou de uma felicidade que um dia, inevitavelmente, desabaria de forma aterradora, pois havia sido construída no terreno instável de um coração feminino aniquilado e destruído por um casamento infeliz. Por mais que as manifestações de amor de ambos se assemelhassem, na origem eram diferentes.

Tendo por muitos anos carregado o anseio ardente de amor, mas estando presa a um marido cuja natureza rude e prosaica a feria a todo instante, com o passar do tempo Hanna também acabou perdendo aquele doce e delicado carisma que, no amor, agracia a alma da mulher com a ascensão divina, que a enaltece tanto a seus próprios olhos quanto aos do homem. Ela queria amar e ser amada, mas já não tinha o coração puro o suficiente para perceber esse sentimento tal como ele deve ser percebido quando está para nos oferecer uma felicidade eterna e imutável. *Por maior e mais digna de adoração que seja, nenhuma mulher sai pura e imaculada dos laços humilhantes de um casamento frio e sem amor*, pois essas amarras cortam fundo na carne delicada da mulher e deixam feridas que nunca cicatrizam.

O que Hanna sentia por seu amante era mais uma turbulência do sangue que um sentimento do coração, uma tentativa temerosa de capturar uma felicidade que a sorte parecia lhe negar, uma rebelião obstinada contra seu destino, uma espécie de vingança contra seu passado infeliz. Bem no fundo de sua alma ela devia suspeitar que o prazer e o sentimento que experimentava não eram aquela felicidade pura com a qual sonhara quando moça, mas sufocava essa emoção no abraço do amante.

Schlippenbach, porém, era jovem e inexperiente demais para conseguir olhar dentro da alma daquela mulher.

Ele aceitava com humildade o que sua adorada lhe dava e não se sentia digno de tamanha dádiva. Sua imaginação fértil havia dotado a graciosa mulher tal como demandava seu coração. Ofuscado por sua beleza física, o homem ardente de amor criara seu ideal a partir dela. Ele a cobria da riqueza de *sua própria* alma e lhe conferia todas as belas qualidades que possuía. Nela via a mulher nobre e pura porque ele próprio era puro e nobre; acreditava no amor dela porque, em seu próprio coração, sentia a eterna chama. Desfrutava da felicidade com a tranquilidade inocente e serena da qual só pode desfrutar o espírito pueril do jovem entusiasta, detentor de uma fé inabalável.

☦

O inverno já havia passado. As primeiras andorinhas já construíam ninhos sob os muros do antigo castelo, e violetas azuis espreitavam timidamente por entre o verde ofuscante dos campos quando, certa manhã, Hanna despertou, pálida e exausta. Cansada, esticou os belos membros e, afastando os cabelos da testa, encostou a cabeça no braço e sonhou. Seu olhar foi se tornando cada vez mais sombrio; uma ruga escura se formou na testa de alabastro e um traço duro pousou ao redor da boca cerrada. Hanna pensou na capital e na casa que havia abandonado — em seu marido. Com um olhar vazio e desconsolado, viu-se no quarto.

— Que entediante e solitário é aqui! — disse. — Será que devo voltar para casa? — estremeceu. A imagem do marido, destituída de poesia, apareceu diante de sua alma e um arrepio gelado percorreu seu corpo. — Não quero, não posso. Mas também não posso permanecer aqui. É tão silencioso, e o amor dele, sempre o mesmo, me cansa. Pobre Bernhard! Creio, sim, creio que não o amo mais. Meu Deus, *será que realmente não tenho coração?* Oh, sim, eu o amo, sim! Mas esse amor tem de acabar, como tudo acaba!

Afundou novamente no travesseiro e fechou os olhos.

Após um instante, ergueu-se de repente e olhou fixamente para uma caixinha em sua penteadeira.

— Como pude esquecer? — murmurou, levantando-se de maneira precipitada.

Penteou meticulosamente os longos cabelos sedosos e aconchegou os membros exuberantes e arrepiados de frio no perfumado robe de seda amarela e arminho, no qual abraçara Schlippenbach pela primeira vez.

A castelã lhe trouxe o chá. Hanna pediu à mulher que fosse chamar Bernhard. Antes de ele entrar, tirou da caixinha um pequeno frasco, do qual verteu um líquido escuro nas duas xícaras, para depois lançá-lo à lareira.

Seu rosto estava pálido como mármore e mostrava a mesma tranquilidade fria que Schlippenbach conhecia muito bem de tempos passados. Admirado, ele olhou para ela.

— Hanna, não está se sentindo bem? — perguntou, preocupado.

— Não — respondeu ela.

Sua voz lhe soou estranha e sinistra. Lentamente, ela pegou a xícara e, lançando um olhar peculiar ao amante, bebeu o chá.

— Hanna, você está doente! — exclamou, abalado, lançando-se a seus pés.

— Se você quiser anular a palavra dada — respondeu ela —, então beba rápido, assim morreremos juntos.

Com os traços desfigurados, ela se recostou e agarrou convulsivamente a pele de arminho.

Bernhard ficou sem ar. Fitou e abraçou a mulher amada, mas, ao ver seus olhos se apagarem, pegou rapidamente a xícara ainda intocada e engoliu seu conteúdo.

Após esperar um bom tempo em vão, a castelã entrou no quarto de sua senhora e encontrou dois cadáveres abraçados, em cujos traços enrijecidos pela morte brincavam alegremente os raios avermelhados do sol da manhã.

O CLUBE DAS CRUÉIS

144

QUE CRUELDADE E VOLÚPIA SÃO DUAS COISAS ESTREITAMENTE LIGADAS É UM FATO HÁ MUITO JÁ RECONHECIDO PELOS ERUDITOS. EM NATUREZAS VOLUPTUOSAS, OS CASTIGOS FÍSICOS EXERCEM UMA ATRAÇÃO IRRESISTÍVEL.

O próprio Rousseau dizia que sempre sentia um prazer peculiar quando sua governanta o castigava com a vara e que muitas vezes cometia algum erro só para ter o prazer de receber os golpes da atraente mulher.

Em nenhum outro país se puniu tanto e com tanta crueldade como na Rússia. Normalmente, eram as esposas dos proprietários de terras que determinavam as punições para criados e servos e depois assistiam com cruel satisfação ao sofrimento dos infelizes. Com demasiada frequência, até mesmo as jovens donzelas da aristocracia russa se permitiam o prazer de mandar chicotear os servos homens em sua presença.

São inúmeras as histórias que relatam a crueldade das belas e espirituosas imperatrizes russas Isabel e Catarina II. O mundo inteiro conhece a brutalidade com a qual a primeira mandou açoitar publicamente a jovem e bela esposa do chanceler Bestuzhev, como se ela fosse uma criada comum, somente porque a desafortunada mulher se permitiu ser mais bela que a czarina. Mas foi apenas sob o reinado de Catarina que a crueldade na Rússia alcançou seu pleno florescimento. A imperatriz presenteou as damas de sua corte com regimentos inteiros. Confiou o regimento Tobolsk à amazona Von Mellin, e o Simbirsk à condessa Soltikov. Ambas se distinguiram nas guerras contra a Suécia e a Turquia. A maioria das belas amazonas usava sua posição de coronéis e comandantes apenas para torturar e maltratar os pobres soldados ao sabor de suas vontades e de seus caprichos. Mas isso ainda não era suficiente para as beldades da época. O soldado comum ou servo já não lhes interessava; elas também queriam ver os senhores e cavaleiros de sua corte sob seu chicote.

Para satisfazer esse desejo, as damas da aristocracia fundaram entre si um clube, no qual se propunham a usar seu poder de sedução para atrair homens jovens e bonitos e torná-los sócios ao preço de possuí-los, ou seja, transformá-los em escravos de seus cruéis caprichos.

Ser jovem e bonito era a primeira condição para quem quisesse ser admitido e, como ao clube pertenciam as mulheres mais belas e importantes da corte, era evidente que logo todos os homens cobiçariam a distinção de se tornarem sócios, sobretudo porque nessa sociedade não havia nenhuma lei que fizesse qualquer um deles se comprometer a servir a apenas *uma* mulher como escravo. Em todas as reuniões, somente o humor do momento era determinante.

As beldades cruéis batiam em seus adoradores a seu bel-prazer, mas às vezes também admitiam receber deles alguns golpes.

A diretora desse clube era a princesa Fedora W., famosa tanto por sua inteligência quanto por sua beleza.

A princesa tinha acabado de retornar a São Petersburgo, após cumprir uma missão política em Paris, quando o príncipe Baratynski, tenente da guarda muito jovem, apaixonou-se perdidamente por ela. O rapaz ouviu falar da misteriosa associação presidida pela princesa e, como não conseguia se aproximar da adorada Fedora por nenhum outro meio, pediu para ser admitido no "Clube das Cruéis". Somente a muito custo e graças a uma boa dose de clientelismo finalmente foi admitido para o que chamavam de "prova".

Fedora sabia da paixão do rapaz, que mal havia saído da academia, e ficou ainda mais feliz por poder iniciar nos mistérios do clube e no culto do amor aquele jovem ainda não lapidado.

Normalmente, era a sorte que decidia qual das damas receberia do noviço as primeiras provas de sua aptidão para pertencer ao clube. Dessa vez, graças a um estratagema, a princesa soube arranjar as coisas para ser *ela* a sorteada.

Enquanto Baratynski tremia de medo de cair nas mãos de uma dama que fosse indiferente a seu coração, a bela mulher olhava-se no espelho e, com um sorriso cheio de satisfação pelo infortúnio alheio, examinava seus encantos de fato maravilhosos, alegrando-se mentalmente por ter a oportunidade de levar o jovem apaixonado ao desespero.

A beleza da princesa é histórica. Naquela noite, ela rejeitou todos os trajes modernos da época, bem como a crinolina e o pó de arroz, e usou apenas uma túnica grega, longa e simples, que deixava livres a nuca roliça e os braços de uma beleza clássica, sobre os quais jogou um longo manto de pele, semelhante ao da famosa Vênus de Ticiano, exposta em Dresden. Seus magníficos cabelos castanho-claros e ondulados estavam soltos sobre as costas.

Assim ela apareceu no clube, onde foi recebida com exclamações de arrebatamento e entusiasmo.

Com um olhar imponente à assembleia, a princesa ordenou:

— Silêncio!

Então continuou:

— Peço às damas que coloquem suas máscaras, pois já são quase onze horas e o príncipe Baratynski pode chegar a qualquer momento. Aos homens, porém, ordeno que se dirijam ao salão e lá aguardem até que a admissão do noviço seja concluída e as damas tenham tempo de também se dirigir a esse aposento e de cumprir suas obrigações a serviço do amor e da crueldade.

Os homens se levantaram e, com uma reverência humilde, deixaram a sala, enquanto as damas punham suas máscaras entre risadas e brincadeiras de duplo sentido.

Exatamente às onze horas, as portas se abriram e duas criadas também mascaradas conduziram Baratynski à sala onde as sacerdotisas do amor e da crueldade, em trajes e posturas extremamente informais, estavam sentadas em divãs baixos. O rapaz tremeu da cabeça aos pés de emoção ao ver-se diante do grupo de encantadoras mulheres, e seu olhar percorreu as fileiras com ansiedade.

A princesa, que presidia a sessão, abriu a cerimônia fazendo-o repetir seu pedido de admissão e ouvindo o juramento de sigilo e obediência absoluta.

Feito isso, procedeu-se ao sorteio. Os bilhetes consistiam em pequenos pedaços de fita, cortados dos laços coloridos das damas presentes. Como combinado, a princesa foi sorteada.

Baratynski já a havia reconhecido muito antes. Não havia na Rússia nenhuma dama que apresentasse, como ela, membros tão harmoniosos, aliados a tanta graça e nobreza. Seu coração disparou de alegria quando o sorteio definiu que ele fosse seu escravo. Com um gesto de comando, ela lhe ordenou que a seguisse.

Fedora parou em um quarto completamente vazio, a meia-luz, no qual nada havia além de todos os tipos imagináveis de chicotes, azorragues e varas pendurados nas paredes, bem como um número significativo de cordas robustas de seda. No centro do cômodo havia um pesado bloco de madeira, ao qual estavam presos grandes anéis de ferro. Baratynski aguardou com curiosidade o que lhe estava reservado. A princesa abriu o manto de pele e lhe concedeu por um instante a visão completa de sua beleza. Em seguida, puxou o cordão de um sino, e mais uma vez apareceram as duas criadas.

— Amarrem-no! — ordenou fria e brevemente.

Com uma habilidade que revelava a frequência com a qual aquele tipo de atividade era praticado, as moças se apressaram a cumprir a ordem da princesa. Em poucos segundos, o belo rapaz estava atado e preso ao bloco de madeira aos pés da beldade cruel. Nesse momento, porém, Baratynski sentiu certo temor e, ao ouvir o tom frio e impiedoso com o qual a princesa transmitia suas ordens, foi invadido por uma sensação de horror.

— Agora, o chicote! — exclamou ela.

Seus belos olhos brilharam com crueldade através da máscara preta de veludo.

Ela apanhou uma espécie de açoite e, no instante seguinte, o corpo do rapaz já tremia sob seus golpes certeiros e impiedosos. Quanto mais ele estremecia de dor, mais fortes eram as chicotadas de sua senhora, que o punia com visível prazer. Naquele momento, ela já não era a elegante e graciosa dama rococó do salão, mas a mulher do antigo mundo aristocrático que afundara no vício e na devassidão, cujos sentidos embotados só podiam ser estimulados por uma grande brutalidade e pela perversidade. Não lhe bastou o chicote. Por quase uma hora ela o torturou com as mais refinadas crueldades, mas nenhum som de dor saiu da boca do rapaz. A nobre hetera tinha lançado seu manto de pele para não ter os movimentos impedidos e para fazer com que sua vítima perdesse totalmente a cabeça ao ver seus encantos. Mas a princesa se enganou.

Embora Baratynski estivesse perdidamente apaixonado pela bela mulher e tivesse ido ao "Clube das Cruéis" apenas para se render aos caprichos dela, ao ver a perversidade e o prazer diabólico com os quais sua adorada era capaz de martirizar e torturar, como um carrasco, uma criatura de sua espécie, sua natureza saudável se opôs a ela e seu amor se transformou em repulsa e desprezo. No entanto, mesmo sofrendo terríveis dores, não proferiu nenhuma palavra até a própria princesa parar, esgotada.

— Você foi aprovado — disse ela. — Eu o autorizo a me amar.

As portas se abriram, e um pequeno gabinete mal iluminado e decorado com um luxo arrebatador, que induzia de maneira irresistível ao amor e ao prazer, pareceu convidar o rapaz a se entregar a toda a felicidade que o esperava nos braços da mulher de beleza inebriante. A princesa havia tirado a máscara, e as criadas se apressaram a adornar novamente seu magnífico corpo com o esplêndido manto de pele. Assim ela se apresentou a ele, com o peito arfante e o olhar ardente de desejo.

— Venha — disse, já impaciente com a tranquilidade com a qual Baratynski se deixava soltar dos grilhões.

— Agradeço, princesa — respondeu com frieza o belo oficial da guarda —, mas já não desejo seu amor.

Com indiferença, dirigiu-se à porta.

— Miserável! — gritou ela, saltando como um gato atrás dele e com o olhar faiscando de ódio.

— Procure outro tolo — disse Baratynski, empurrando-a com força.

No instante seguinte, totalmente curado de seu amor louco, deixou a casa.

Bem se pode imaginar como a princesa, rejeitada pela primeira vez na vida, enfureceu-se e usou de toda a sua influência para punir severamente o jovem pelo crime de ter recusado seu favor. Mas não teve muito sucesso. A família Baratynski era muito importante, e tudo o que a mulher cruel conseguiu foi transferi-lo para outro regimento, portanto, para fora de São Petersburgo.

Após alguns anos, quando um chefe de polícia extremamente diligente quis revelar o segredo do clube à imperatriz Catarina II, a soberana, que ainda conservava sua beleza, colocou-o da porta para fora com uma sonora gargalhada. A própria imperatriz, primorosa como regente e inesquecível para os russos, tinha a mania de açoitar excessivamente seus subordinados e protegidos. De fato, às vezes ela própria tolerava o chicote de seu amante, o príncipe Potemkin.

Apenas sob Alexandre I o "Clube das Cruéis" foi dissolvido. Esse príncipe também melhorou o destino dos servos e aboliu as chibatadas, usuais até então, sem distinção de classe, infração e gênero. No entanto, até a completa revogação da servidão na Rússia por Alexandre II, certas damas delicadas dos círculos aristocráticos ainda afugentavam o tédio ordenando o açoitamento de seus escravos e assistindo ao dilaceramento dos infelizes no pelourinho, que não podia faltar em nenhuma herdade. Os romancistas russos sabem contar muitas histórias sombrias daqueles tempos.

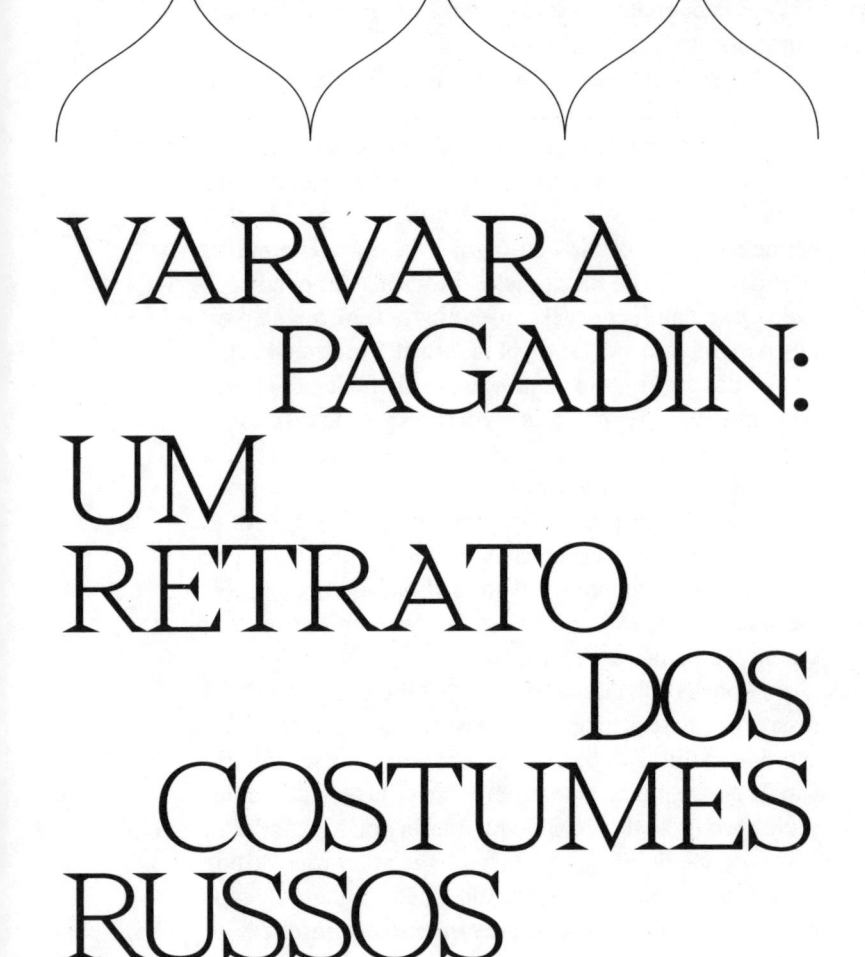

VARVARA PAGADIN: UM RETRATO DOS COSTUMES RUSSOS

152

ASSIM COMO UMA GRANDE IDEIA AMADURECE MELHOR NO SILÊNCIO E NA SOLIDÃO, UMA PAIXÃO SURGE COM MAIS FACILIDADE EM PEQUENAS CIRCUNSTÂNCIAS DO QUE EM MEIO AO FLUXO IMPETUOSO DA VIDA.

Foi emuma aldeia na Ucrânia, distante da estrada militar, que Varvara Pagadin conheceu o estudante Semen Pultovski e seus corações se uniram para sempre. Varvara era filha de um pequeno arrendatário de terras. Uma amiga que estudava medicina em Kiev e de tempos em tempos ia à aldeia para visitar seus pais inoculou-lhe o amor pela liberdade e, com ele, o ódio à tirania e ao czarismo, bem como a aspiração a se equiparar aos homens por meio da instrução e do trabalho. Varvara não se cansava de estudar e ler, e logo começou a também fazer bom uso dos frutos de seus estudos. Autonomeava-se niilista e filiara-se ao grande e audacioso partido que aspirava a destruir tudo o que existia na Rússia. Enquanto não conseguia realizar esse feito, esse partido se contentava em melhorar a inteligência natural do povo, difundindo conhecimento e erradicando os preconceitos e as superstições que o transformavam em um rebanho de escravos subservientes ao despotismo do Estado e da Igreja.

Entretanto, ela ainda era mulher o bastante para começar a transformação do mundo por si mesma, por sua aparência; mas, por certo, não foi a vaidade a guiar a mão da bela moça no dia em que ela cortou a rica e loura cabeleira que, quando solta, lembrava um manto dourado. E o fez de maneira tão feroz e breve que, a partir daquele momento, passou a parecer mais um jovem teólogo que uma deusa do amor que conquista corações. Só usava botas de cano alto, uma saia curta sem adornos, um casaco simples e um chapéu masculino redondo: a imagem viva de uma amazona moderna, que desprezava o coquetismo feminino. Tinha estudado o suficiente as obras de medicina para poder desempenhar com sucesso o papel de doutora e irmã de caridade na ausência de um médico, tanto na aldeia quanto em um perímetro de vários quilômetros, mas isso não era suficiente. Na casa do pai montou uma escola popular, na qual dava aulas não apenas às crianças, mas também aos adultos.

Ensinava-os a ler, escrever e fazer contas e lhes transmitia os conceitos mais elementares sobre o universo, as leis da natureza, da Terra e de seus habitantes, bem como dos destinos da humanidade. Além disso, escrevia para jornais e dava dicas aos camponeses sobre agricultura e criação de gado. Sentada como um homem na sela de um cavalo, percorria a região e logo se tornou o assunto de todas as rodas.

Em meio a essa atividade febril, conheceu Semen Pultovski, que estudava química em Kiev e tinha ido passar o feriado de Páscoa na casa do pai, cobrador de pedágios. Começaram treinando tiro ao alvo com pistolas e esgrima com florete, e acabaram se apaixonando. Apesar de toda a sobriedade de seus esforços e objetivos, havia em ambos um entusiasmo ardente por tudo o que é bom e sublime. Além disso, eram amantes da natureza e tinham em si algo do caráter selvagem da estirpe da Pequena Rússia.[1] Por essa razão, seu amor não era uma escolha inspirada pelo gosto nem uma complacência recíproca, tampouco um sentimentalismo que se extasiava ao luar, mas menos ainda um jogo frívolo; era algo elementar em sua maneira de sentir.

Semen retornou a Kiev para continuar seus estudos, mas, em compensação, passava os meses de férias na casa dos pais, e a ligação com a moça audaciosa e enérgica se tornava mais sólida e profunda a cada dia. Semen Pultovski também era filiado ao partido revolucionário russo, havia sido iniciado em diversos planos e várias vezes participara de ações mais ou menos ousadas.

No outono, quando a volta às aulas o chamou de volta a Kiev, participou de uma grande manifestação e foi preso junto com vários outros estudantes.

Varvara Pagadin ficou sabendo do ocorrido pelo jornal. Leu a notícia duas vezes, sem demonstrar a menor

---

1   Território correspondente à atual Ucrânia no período do Império russo.

inquietação. No entanto, enquanto dobrava e agrupava as folhas, sua decisão já estava tomada. Arrumou uma pequena mala, subiu na *britzka*[2] de seu pai, atrelada a dois cavalos pequenos e magros, dirigiu-se à estação de trem mais próxima e, na manhã seguinte, estava em Kiev.

Não era capaz de explicar nem a si mesma o que procurava e queria naquela cidade, mas sentia que era necessária ali. Uma força misteriosa e fatalista a impulsionava adiante.

Alugou um quarto na casa da viúva de um oficial, desfez as malas e, antes de qualquer outra coisa, foi procurar um trabalho. Logo nos primeiros dias encontrou uma vaga em uma loja pequena, mas elegante, na qual se vendiam luvas e gravatas. Se Varvara tivesse alguma experiência de vida, não apenas uma coisa ou outra, mas tudo naquele estabelecimento lhe pareceria suspeito: a sala dos fundos, mobiliada com luxo refinado; a proprietária, Marfa Ivanovna, perfumada de almíscar, que, ao se mover, fazia crepitar a seda rígida de seus trajes; as moças bonitas, ornadas com joias e decotes; os senhores elegantes, que com elas flertavam e trocavam olhares enigmáticos. Mas ela era uma moça simples do campo, não entendia nada dessas coisas. Dava aos senhores respostas curtas e educadas e vendia tranquilamente luvas e lenços.

À noite, ela rodeava o prédio da polícia, tentando encontrar seu amado por trás de uma das janelas gradeadas.

Certa noite, quando não havia mais ninguém na loja além de Varvara e Marfa Ivanovna, que retivera a primeira sob um pretexto qualquer, entrou de repente um homem alto, bonito, envolvido em um casaco de pele valioso, e logo dirigiu seu fascinante olhar acinzentado para Varvara.

— O que deseja em tão tarda hora, Seraf Pavlovitch? — perguntou Marfa Ivanovna com uma profunda reverência.

---

2 Carruagem de quatro rodas, muito utilizada na Rússia e na Polônia no século XIX.

— Um par de luvas — respondeu lentamente o recém-chegado. Varvara colocou a caixa na sua frente, e Marfa Ivanovna trocou com ele algumas palavras em voz baixa.

— A senhorita é do interior? — começou o forasteiro.

— Sim, senhor.

— E o que tem achado da cidade?

— Encontrei trabalho, estou satisfeita.

— Ora, deveria encontrar mais do que isso — continuou o forasteiro. — Mas quem fez uma barbaridade dessas e cortou seus lindos cabelos?

— Eu mesma.

— Poderiam confundi-la com uma niilista — continuou ele, sorrindo. — Mas as mulheres dessa espécie são todas muito feias.

Varvara enrubesceu. Enquanto isso, o forasteiro escolheu suas luvas.

— Foi um prazer conhecê-la, senhorita...?

— Varvara Pagadin.

— Até mais ver, senhorita Varvara.

Despediu-se e até ergueu um pouco o chapéu. Marfa Ivanovna o acompanhou até a porta, onde ele lhe disse algo em voz baixa.

— Que sorte! — exclamou Marfa Ivanovna ao fechar a porta. — Você o agradou, você o conquistou. Logo ele, de quem todos tremem de medo.

— De quem a senhora está falando?

— De quem mais senão Seraf Pavlovitch Halikoff, o chefe de polícia de Kiev, que acabou de sair daqui.

— Por que não me disse isso antes? — indagou Varvara, de repente já com um plano na cabeça.

— Ora, ora, não temos pressa.

— E a senhora disse que o agradei?

— Ele está apaixonado por você, minha pombinha, como um louco; sei do que estou falando. Mas você tem de se vestir de outro modo e arrumar os cabelos, sobretudo comprar uma trança. Você parece ter saído de uma penitenciária. Está precisando de dinheiro?

— Não, obrigada, mas...

— Confie em mim, meu coraçãozinho de ouro.

— Diga a ele, ao chefe de polícia, que ele também me agrada, entendeu? Me agrada e muito!

— Não esquecerei.

Já na noite seguinte, Halikoff acompanhou Varvara até a casa dela. A moça ainda usava suas roupas simples, mas tinha prendido uma trança postiça nos cabelos e, por conta disso, parecia muito mais atraente. Ao chefe de polícia bastou lançar um olhar ao quarto pequeno e precário e à mala miserável para ter as informações de que precisava.

— Na cidade — começou ele —, uma moça do interior fica exposta a toda sorte de tentações. Permita-me desempenhar um pouco o papel da Providência. Acima de tudo, não vá mais ao estabelecimento de Marfa Ivanovna. Essa pessoa tem má reputação.

— Como assim?

— Ela exerce um comércio indecoroso de inocência e beleza. — Varvara Pagadin olhou fixamente para ele, sem compreendê-lo. — A senhorita também não pode continuar neste quarto — continuou Halikoff. — Se meu interesse não a ofender...

— Estou decidida a fazer tudo o que me sugerir.

— *Tant mieux!*[3] Sendo assim, não desperdicemos mais nenhuma palavra com essas futilidades da vida. Deixe-me agir pela senhorita.

— Aceito, e com a máxima gratidão.

— Sou eu que lhe agradeço, Varvara.

No decorrer da tarde seguinte, Halikoff chegou com uma carruagem e conduziu Varvara a sua nova residência, que ele havia escolhido para ela e decorado no melhor estilo parisiense. Ali encontrou, prontos para servi-la, uma camareira idosa, um cozinheiro e um lacaio de libré, enquanto na pequena sala era esperada por Madame

---

3   "Melhor ainda!", em francês no original.

Puthon, proprietária da *maison de haute couture*[4] mais elegante da cidade, e por Alex Timolnitch, primeiro joalheiro de Kiev. Ambos exibiram seus tesouros, e como Varvara se mostrou um tanto tímida, Halikoff escolheu para ela, com a ajuda de Madame Puthon, um belíssimo négligé, bem como vários trajes para serem usados na rua, e no mesmo instante fez outras encomendas, enquanto o joalheiro reservava alguns brincos magníficos, duas pulseiras e uma preciosa cruz de brilhantes.

Na mesma noite, Varvara Pagadin recebeu uma misteriosa carta, que dizia: "A senhorita é tão inteligente quanto corajosa. É confiável. Escolheu o caminho certo, não apenas para libertar Semen Pultovski, mas também para permitir o máximo avanço à nossa obra. Aguarde instruções nossas antes de agir. Receberá de nós todo o apoio que estiver ao nosso alcance".

Varvara jogou a carta nas chamas da lareira. Alguns instantes depois, o chefe de polícia entrou no recinto.

Passou-se uma semana, e mais outra, e uma nova carta chegou. "Não espere salvar Semen Pultovski. Poderá vingá-lo, mas não o libertar."

E, dois dias mais tarde, Varvara Pagadin recebeu a condenação à morte de Seraf Pavlovitch Halikoff, o chefe de polícia de Kiev, com a ordem para executá-la em três dias. Ela escondeu o terrível documento no peito, foi até o espelho, arrumou os cabelos e ordenou à camareira que a vestisse.

Quando Halikoff chegou para jantar com ela, encontrou-a meio deitada, meio sentada em sua otomana, envolvida em um robe de seda branca, ornado com pele de raposa branca, ao estilo Sarah Bernhardt.

— A senhorita está magnífica — começou ele, depois de beijar sua mão —, mas por que suas mãos estão tão frias?

— Estou com medo.

---

4   *Mode-Etablissement*, no original.

— De quê?
— Não sei, mas eu gostaria de ter um punhal.
— Um punhal? Isto não seria suficiente?

Halikoff tirou do bolso um revólver e o entregou a ela.

— Por enquanto, sim, mas traga-me um punhal.
— Como quiser.

Após a refeição, Halikoff adormeceu, como de hábito, em um divã na sala de jantar. Sentada em uma pequena poltrona junto à lareira, Varvara olhava incessantemente para ele. De repente, ela se levantou, caminhou em silêncio em sua direção, deslizando sobre o tapete macio e felpudo, pegou o revólver, apontou para sua têmpora e tornou a abaixá-lo.

"Não posso matá-lo enquanto dorme", pensou. "Seria covardia."

À noite, ele lhe trouxe o punhal, que ela guardou no cinto. Na hora do chá, ela o pegou, decidida a realizar o golpe assassino, mas não o fez.

— Preciso criar coragem — disse na manhã seguinte ao despertar em seus luxuosos travesseiros. — Hoje, o grande ato tem de ser cumprido.

Entretanto, esperou em vão pelo chefe de polícia para o almoço. Ele só apareceu à noite, e de excelente humor.

— Está tão alegre — comentou ela. — O que o senhor tem, Seraf Pavlovitch?

— Hoje fiz uma magnífica captura — respondeu ele com um sorriso frio. — Acabamos com uma gráfica dos niilistas.

O acaso veio ao auxílio de Varvara.

— Certamente o senhor já deve ter muitos prisioneiros — disse ela com cautela. — Não está faltando lugar?

— Simplesmente os trancafiamos todos juntos, como arenques — respondeu Halikoff. — Ninguém está ali para ser bem tratado.

— O que aconteceu a Semen Pultovski?

— A senhorita o conhece?
— Ele é da minha cidade.
— Ainda está vivo, embora eu já o tenha submetido várias vezes a rigorosos interrogatórios. Esses rapazes obstinados, que não querem confessar, são os meus preferidos.
— Como assim? Não entendo.
— Porque posso mandar açoitá-los o quanto quiser.

Varvara empalideceu. Um leve calafrio percorreu seu corpo.

— E não sente nenhuma compaixão por esses infelizes?
— Compaixão? Não — respondeu Halikoff lentamente, como se colocasse cada palavra na balança. — Sinto, antes, prazer, um prazer semelhante ao que a senhorita me proporciona quando repousa em meu peito, Varvara.
— Então odeia esses niilistas?
— Não é isso. Gosto de ver os outros em meu poder. — Seus olhos acinzentados ganharam um brilho frio, como os de um tigre. — É um deleite vê-los tremer à minha frente, com o sangue corando o rosto pálido. Entende isso, Varvara?
— Sim, claro! — exclamou ela com os olhos brilhantes. — Entendo. Eu também poderia sentir prazer com isso. Leve-me com o senhor, Seraf Pavlovitch; deixe-me ser testemunha de uma cena como essa.
— Por que não? — indagou ele. — Vou providenciar para que assista a tudo sem ser vista.
— Promete?
— Prometo.
— Posso acompanhá-lo ainda hoje?
— Não. Amanhã, Varvara; e, para aumentar seu interesse e seu gosto pela ocasião, vou interrogar seu conhecido, esse tal de Pultovski.

Chegou o terceiro dia. A sentença de morte deveria ser cumprida até a meia-noite, ou Varvara estaria perdida, ela sabia disso. Halikoff apareceu para buscá-la ao romper da escuridão. Ela se envolveu em uma suntuosa pele de marta, cobriu a cabeça com um baslique[5] bordado a ouro e guardou o punhal junto ao corpo. No caminho, Halikoff refletiu sobre o que lhe daria mais prazer: torturar ele próprio sua desventurada vítima ou testemunhar a impressão que essa tortura causaria à bela mulher que, apesar da exuberante pele de marta que a aquecia confortavelmente, tremia como que de frio a seu lado.

Escolheu a primeira alternativa. Após conduzir Varvara a uma sala escura, de onde ela poderia observar, sem ser vista, através de duas pequenas aberturas em um grande armário embutido, tudo o que acontecia na sala de interrogatório contígua, ele se dirigiu a esse espaço, onde reinava um frio siberiano, e, envolvido em seu casaco de pele, sentou-se confortavelmente à mesa, sobre a qual havia um crucifixo entre duas velas, e ordenou que trouxessem o pobre Semen Pultovski.

Varvara empalideceu, e seus olhos se encheram de lágrimas quando seu amado, pálido, aflito e abatido, tremendo de frio em suas roupas finas, entrou acorrentado.

— Como vai, Semen Pultovski?

O infeliz conspirador deu de ombros.

— Refletiu? Mudou de ideia? Vai confessar?

— Não tenho nada para confessar.

— Não me provoque.

— Longe de mim — respondeu Pultovski, suspirando —, mas não sei de nada, portanto...

— Cachorro! Fale agora mesmo! — Halikoff levantou-se de um salto, pegou Pultovski pelos cabelos, derrubou-o e o chutou. — Confesse imediatamente!

— Não posso... sou inocente — gemeu o pobre homem.

— Inocente! — Halikoff começou a rir. — Chicoteiem-no.

---

5 Capuz de lã caucasiano, cujas pontas podem ser usadas como xale.

Os agentes de polícia o ataram a uma argola de ferro presa à parede, e um deles começou a chicoteá-lo. O belo semblante de Halikoff estampava diabolicamente uma alegria cruel enquanto ele assistia à execução.

Quando o chefe de polícia voltou tarde da noite com Varvara para a residência da moça, havia uma carruagem estacionada diante da casa, e dois homens iam de um lado a outro da calçada. Ao chegarem ao andar superior, Varvara pediu que Halikoff a esperasse, foi para o quarto, jogou a pesada pele de lado e vestiu rapidamente um confortável casaco vermelho, ornado com pele de marta, que não impedia em nada seus movimentos. Então chamou o chefe de polícia.

Quando ele entrou, ela estava em pé no meio do quarto, com os braços cruzados sobre o peito.

— Sabe quem é o homem que acabou de mandar açoitar? — perguntou ela friamente.

— Semen Pultovski.

— Ele era meu amante.

— Ah, se eu soubesse disso!

— O que teria feito?

— Teria sentido um prazer ainda maior.

— Não blasfeme, Seraf Pavlovitch. O senhor não vai mais maltratar ninguém.

— Por que não?

— Leia.

Entregou-lhe a sentença de morte e, mal ele passou os olhos pelo papel, Varvara cravou o punhal em seu peito. Caiu aos pés dela, sem emitir nenhum ruído, mas no instante seguinte se ergueu e quis pedir socorro. Entretanto, de seus lábios não saiu nenhum som, apenas um jorro de sangue.

Varvara ergueu novamente o punhal.

— Piedade! — murmurou Halikoff.

— O senhor teve piedade de mim, teve de Semen Pultovski? — redarguiu com um sorriso glacial. Um segundo golpe pôs fim à vida do homem.

Enquanto Varvara limpava tranquilamente o punhal nas roupas da vítima, um homem elegante entrou no recinto, de chapéu na cabeça e revólver em punho.

— O serviço foi feito? — perguntou.
— Sim.
— Ele está morto?
— Aqui. Veja por si mesmo.
— Então venha, rápido! Rápido!

Ele deu o braço a Varvara e, enquanto outros homens armados de punhais e revólveres montavam guarda junto às portas e na escada, desceu apressadamente com ela, fez com que entrasse na carruagem e bateu a porta com força. O cocheiro açoitou os cavalos.

Poucos instantes depois, um grande rumor surgiu no aposento. A polícia entrou na casa e encontrou Halikoff assassinado.

Pultovski morreu na prisão. Até hoje Varvara Pagadin é procurada pela polícia russa. Ela simplesmente desapareceu.

NOTA EDITORIAL

Este livro foi estabelecido conforme a edição de *Damen mit Pelz und Peitsche*, editada por Christa Gürtler (Frankfurt am Main; Berlim: Ullstein, 1995).

Os contos "O mistério do amor", "Fadado a morrer", "A vida para o amor" e "O clube das cruéis" se encontram em Wanda von Dunajew (Frau von Sacher-Masoch): *Echter Hermelin: Geschichten aus der vornehmen Welt*. Bern; Leipzig: Georg Frobeen & Cie, 1879.

"A domadora", "A bei", "Junto à fogueira", "O fantasma de Vranov", "Uma noite no paraíso", "Uma dama no congresso" e "Varvara Pagadin" foram extraídos de Wanda von Sacher-Masoch: *Die Damen im Pelz: Geschichten und Novellen*, 5ª edição, Leipzig; Berlim: Instituto Bibliográfico Adolph Schumann (s/d). Primeira edição: Wanda von Dunajew: *Die Damen im Pelz: Geschichten*. Leipzig: E. L. Morgenstern, 1882.

Gostaríamos de registrar à Profa. Christa Gürtler nossa profunda admiração e nossos sinceros agradecimentos.

Pornocratès ou *La Dame au cochon*, 1878. Félicien Rops (1833–1898).

Dados Internacionais de Catalogação na Publicação (CIP)
(Câmara Brasileira do Livro, SP, Brasil)

Sacher-Masoch, Wanda von, 1845-1906
  Damas de casaco de pele e chicote : preciosidades
eróticas entre amor, desejo e paixão / Wanda von Sacher-Masoch ;
[organização Christa Gürtler ; tradução Karina Jannini].
-- São Paulo : Ercolano, 2024.

  Título original: Damen mit Pelz und Peitsche
  ISBN 978-65-85960-20-5

  1. Erotismo na literatura 2. Contos alemães -
Escritores austríacos I. Gürtler, Christa.
II. Título.

24-226845 CDD-833

Índices para catálogo sistemático:
1. Contos : Literatura alemã 833
Eliane de Freitas Leite - Bibliotecária - CRB 8/8415

ERCOLANO

Editora Ercolano Ltda.
www.ercolano.com.br
Instagram: @ercolanoeditora
Facebook: @Ercolanoeditora

Este livro foi editado em 2024
na cidade de São Paulo pela
Editora Ercolano, com as
famílias tipográficas Bradford
LL e Wremena, em papel Pólen
Bold 90 g/m² na Leograf.